身代わり伯爵の花嫁修業

Ⅰ消えた結婚契約書

清家未森

16310

角川ビーンズ文庫

身代わり伯爵の花嫁修業

I 消えた結婚契約書

THE MISSING MARRIAGE CONTRACT

CONTENTS

STORY

◆町一番のパン屋を目指す（味オンチ）ミレーユは、ひょんな事から双子の兄の身代わりとして、男装で王宮へ出仕する事に!!　そこでの事件を解決しているうちに、実はミレーユが現王弟の隠し子だった事がバレてしまう!!

◆そんなドタバタの中、ミレーユは国に戻ったリヒャルトを追いかけシアランへ向かう。うっかり川に流され目覚めた時は、敵地の真っ只中!!　ミレーユはミシェルと名乗り、男装でリヒャルト即位のためにシアラン騎士団第5師団の見習いとして働きだす。第5師団の助けもあり、リヒャルトは王位奪還を果たした。その後、想いを確かめ合った2人は晴れて(!?)婚約するのだったが……!?

CHARACTERS〈人物紹介〉

フレッドの親友だが、本当はシアランの王太子。苦労性で天然魔性な面も!?

下町の鉄拳女王の異名を持つ、元気な少女。貧乳なのが悩みの種。現在リヒャルトと婚約中。

「アルテマリス」の人々

エドゥアルト
ミレーユたちのヘタレ親父。親ばか全開。

ヴィルフリート
アルテマリス王国の第2王子。着ぐるみフェチ。

フレッド
ミレーユの双子の兄。妹至上主義のナルシスト。

イラスト／ねぎしきょうこ

身代わり伯爵の花嫁修業
THE MISSING MARRIAGE CONTRACT
I消えた結婚契約書

「シアラン」の人々

イゼルス
シアラン騎士団第５師団副長。クールな性格。

ジャック
シアラン騎士団第５師団長を務める将軍。

ロジオン
寡黙な性格だが、たまに過激派に!?

アレックス
真面目な眼鏡少年。女顔を気にしている。

テオ
ミレーユに心酔し、アニキと呼んでいる。

ラウール
ミレーユの上官だった書記官。サド気質。

シアラン家系図

- 正妃マージョリー
- 第5代大公 ハロルド（故）
- 第8妃 アリス
- ジェラルド
- 第6代大公エドモンド（故）
- 男子（故）
- サラ（故）
- ウォルター伯
- 正妃クラウディーネ（故）
- エセルバート（リヒャルト）
- マリルーシャ（セシリア）
- 大公妃 アリス
- ギルフォード
- エルミアーナ
- アゼルレイド（キリル）
- ●その他 公子3人 公女2人
- ●その他 妃3人

テオ舎弟
ミレーユを「アニキさん」と慕う強面舎弟軍団。

アンジェリカ
ロジオンの妹。妄想癖はフレッドに負けず劣らず。

キリル
ミレーユの幼馴染みで、リヒャルトの腹違いの弟。

本文イラスト／ねぎしきょうこ

序章　バイオリン弾きの恋

彼女は風のように現れた。

　まさしく突風《とっぷう》のような勢いだった。二つに分けて編み込んだ金茶の髪《かみ》の房《ふさ》が、長くなびいて視界に飛び込んできた時、そのあまりの鮮烈《せんれつ》さにキリルは声も出ずただ目を瞠《みは》っていた。

「何してんのよあんたたち――――!!」

　叫《さけ》びながら突進《とっしん》してきた彼女は取り囲んでいた街の悪童《あくどう》たちを瞬《また》く間に蹴散《けち》らすと、逃《に》げていく彼らに「おとといおいで！」と勇ましい台詞《せりふ》を投げつけ、くるりと振《ふ》り返った。

「――だいじょうぶ？」

　差し伸《の》べられた手に気づき、はっと我に返って見上げると、気遣《きづか》うように見つめる青灰色の瞳《ひとみ》があった。突《つ》き飛ばされて尻餅《しりもち》をついたままだったことに急激な羞恥《しゅうち》がこみあげ、キリルは慌《あわ》てて立ち上がろうとしたが、その瞬間《しゅんかん》足に鋭《するど》い痛みを覚えて顔をしかめた。

「けがしたの!?　立てる？　さっ、おぶさって！　送ってってあげる」

「……」

「あ、あいつらはあとでちゃんとシメとくから！　今度やったら全員五回ずつ回し蹴《げ》り入れるって脅《おど》しとくわ。だからもう安心していいわよ」

人懐《ひとなつ》こい笑顔《えがお》で物騒《ぶっそう》なことを言う少女は、まるで昔からの友人のような気安さだ。そんな距《きょ》離感《りかん》に慣れないキリルは——そもそも友人と呼べる人はそれまで一人もいなかった——内心どぎまぎしながらも、彼女の手につかまって立ち上がった。

「あの木がどうかした？　——あっ、あれ、あなたの？　ちょっと待ってて！」

悪童たちに放《ほう》り投げられた楽譜《がくふ》帳が街樹に引っかかっているのを諦《あきら》めまじりに見ていると、気づいた彼女はなんと躊躇《ためら》いもなくするすると木に登りはじめた。そして、度肝《どぎも》を抜《ぬ》かれて立ちつくすキリルの目の前で楽譜を回収し、何の気負いもなく下りてきてそれを差し出した。

「あ……、ありがとう」

おずおずと礼を言った時に、返ってきた笑顔のことは今でも覚えている。

陳腐《ちんぷ》な表現だと自分でも呆《あき》れるが——それはまさに、太陽のようにまぶしい笑顔だった。

ミレーユと名乗った彼女は、意外にもキリルのことを知っていた。劇場前や広場でバイオリンを弾いているのを見たことがあるのだという。

彼女はキリルの生まれて初めての友達になった。

空き時間にはいろんなことをした。彼女の母親が作ってくれた菓子《かし》を持って郊外《こうがい》の森へ出かけたり、しきりに上手だと賞賛してくれる彼女にバイオリンの手ほどきをしてあげたり、初等学校の宿題を手伝ってあげたり。二人で何気なく街を歩くのも楽しかった。彼女はいつの間に

か劇団にとけ込んでおり、保護者役のヒースに連れられて他《ほか》の子どもたちと一緒《いっしょ》に食事に行くのもしばしばだった。

「キリルはもの静かな子よね。また誰《だれ》かにいじめられたら、すぐにあたしに言うのよ」

時折、真面目《まじめ》な顔でそんな心配をされ、女の子に守ってもらうのが恥《は》ずかしくて嘘《うそ》をついた。

「べつに、静かじゃないよ。女の子と話すのが苦手なんだ」

「ああ！　そういえば、女の人の前だとうまくしゃべれない男の人がいるって、シェリーおばさんが言ってた。でも大丈夫《だいじょうぶ》よ、それでもキリルはかわいいし、頭もいいんだし！　そうだ、あたしが練習台になってあげるわ！　将来お嫁《よめ》さんもらうときとか困るもんね」

そんな見当外れなことをごく親切心から言ってくれる彼女を、キリルはいつの間にか友達以上の感情で好きになっていた。――そのことに特別な意味があると気づいたのは、もっと後になってからだったが。

別れの日、指切りをして約束した。

「またいつか、会いにくるよ。それまで待っててくれる？」

「うん。きっとよ」

瞳に涙《なみだ》をためて、泣くのを懸命《けんめい》に堪《こら》えている彼女を見つめながら、心に決めた。

次に会う時、自分たちは大人になっているだろう。その時こそ必ず彼女に自分の想《おも》いを伝えよう――と。

第一章　それぞれの難関

シアラン公国新大公エセルバートの戴冠即位式《たいかんそくいしき》から一夜が明けた、のどかな朝。

宮殿《きゅうでん》の奥まった場所にある第六迎賓館《げいひんかん》では、現在この館《やかた》に滞在《たいざい》しているベルンハルト公爵《こうしゃく》一家が朝の茶会をしていた。小間使いなども置かず、家族三人水入らずの静かな席である。

「ミレーユ。――ミレーユってば」

隣《となり》から兄のフレッドにのぞきこまれ、ぼんやりと考え事をしていたミレーユは我に返った。

「あ……。なに？」

「なに、じゃないよ。さっきからずっと呼んでるのに。ほら、盛大にこぼれてる」

指摘《してき》されて手元に目を落とせば、温めたぶどう酒に少しだけ加えるつもりだった蜜《みつ》が小瓶《こびん》からどばどばと杯《さかずき》に流れ落ち、そのせいであふれたぶどう酒がテーブルクロスを濡《ぬ》らしている。

「きゃー！　なにこれ⁉　もったいないじゃない！」

「いや、きみがやったんだよ？　しかもそれで三杯《ばい》目」

あたふたと濡れたところを拭《ふ》く妹を、フレッドは優雅《ゆうが》な仕草で茶を飲みながら眺《なが》めている。

「一体どうしたのさ、ぼーっとしちゃって。なんだか浮《う》かれてるみたいだけど……昨夜《ゆうべ》何かいいことでもあったの？」

途端《とたん》、ミレーユはぴたりと動きを止めた。一瞬《いっしゅん》間を置いて頬《ほお》がみるみる熱くなったが、平常心を装いながら焼き菓子《がし》の盛られた皿に手を伸ばす。

「う……、浮かれてないわよ全然、何言ってんの。やあねえ、あたしはいつものあたしよ。変だと思うのはフレッドの気のせい……、なんか硬《かた》いわね、このビスケット」

「うん。それポットの蓋《ふた》だね」

笑顔で指摘され、気づいたミレーユは慌ててかじりかけの蓋をテーブルに置いた。——道理で歯触《はざわ》りが芳《かんば》しくないと思ったら。

（お、おかしいわね……そんなに浮かれてるつもり、ないんだけどな）

二重の意味で赤面しながら、ほてった頬をなでる。

兄にはああ言ったが、本当は昨夜、嬉《うれ》しいことがあった。好きな男性から求婚《きゅうこん》されたのだ。

八年前に起きた政変によって国を追われ、亡命生活を経て先頃《さきごろ》帰還《きかん》したシアラン王太子エセルバート。昨夜新たに大公として即位《そくい》した彼が、ミレーユの『好きな人』である。

リヒャルトと名を変え隣国《りんごく》アルテマリスで潜伏《せんぷく》生活を送っていた彼とミレーユが出会ったのは、ちょうど一年前のことだ。リゼランド王国の下町でパン屋の娘《むすめ》として暮らしていたミレーユのもとに、彼が迎《むか》えにやってきたのである。アルテマリスに養子にいった双子《ふたご》の兄、フレッドの身代わりになるために。

死んだはずの父が生きていて、しかも実は王弟で公爵という大貴族で……という信じがたい事実を知らされ、失踪《しっそう》した兄の身代わりで伯爵《はくしゃく》として王宮に出仕することになった。兄の親友であるリヒャルトは、その時からずっと護衛として傍《そば》にいてくれた人だ。

彼が国を救うために突然《とつぜん》帰国してしまったのは、この冬のことだった。追いかけてシアランへ旅立ったミレーユは、紆余曲折《うよきょくせつ》を経て、彼と結婚《けっこん》の約束をする仲になった。

それはいいのだが、なにぶん十七年間色恋沙汰《いろこいざた》に無縁《むえん》の生活を送ってきたせいで、こういった事態に慣れていない。おかげで今も絶賛挙動不審《ふしん》中というわけだ。

「ははは……。ミレーユ。本当に昨夜は何もなかったのかい？　隠《かく》してないで、正直にパパに話してごらん。本当は何かあったんだろう？」

フレッドと同様にミレーユの動向を観察しては顔を引きつらせていた父、エドゥアルトが初めて口を開いた。カップの取っ手を持つ彼の指は心なしか小刻みに震《ふる》えている。

「え……と……」

ミレーユは目を泳がせた。ついごまかそうとしてしまったが、本来ならまず父と兄に報告しなければならないことだ。そう思い直し、少し迷った末に顔を赤らめてこくりとうなずいた。

「……うん……。まあ……ね」

バキッ！　とエドゥアルトのカップが音をたてて砕《くだ》けた。

「あ、あはは……、な、なんか照れるわね、こういうの……、硬っ、なにこのお菓子」

「ミレーユ、それフォークだよ」

くわえたまま怪訝《けげん》な顔の妹に笑顔で突《つ》っ込むと、フレッドはさりげなく切り込んだ。

「それで？　あの庭園での逢瀬《おうせ》のあと、二人してどこに行ってたの？」

「え？　えと……、リ、リヒャルトの個人書庫」

なぜ庭で会っていたことを知っているのかと一瞬《いっしゅん》怪訝に思ったものの、ミレーユは深く考える余裕《よゆう》もなくぼそぼそと答えた。

「書庫ねえ。なるほど、人気《ひとけ》もないし二人きりになれる。静かで最高の逢《あ》い引き場所だねえ」

ダン！　とエドゥアルトの持っていたナイフが干し果物《くだもの》のケーキに突き立った。

「けどさー、初めてなのに書庫でやるってどうなの。年頃《としごろ》の女の子なんだから、もっと情緒《じょうちょ》に訴《うった》えてほしかったね、兄としては」

「え……情緒？　書庫じゃだめなの？　あ、でもね、天窓から星が見えて、すごく綺麗《きれい》だったわよ。星座にまつわる神話とかいろいろ話してくれたし。物知りよねえリヒャルトって」

うっとりしながら思い出すミレーユに、エドゥアルトはぷるぷる震える指で新しいカップに茶を注ぎながら引きつった笑みを向けた。

「そんなにかわいい顔で褒《ほ》めちぎって……彼に星座神話を教えたのは私なんだけどね……」

「それで、仲良く甘い一夜を過ごしたわけだね」

父と違《ちが》って余裕の笑みでフレッドはさらに切り込む。ミレーユはため息まじりに首を振《ふ》った。

「そうでもないわ。ほら、あたし、リヒャルトのことを忘れちゃってたでしょ？　そのことで少し気まずくなって……」

八年前リヒャルトを追放しシアラン大公として君臨していたオズワルドという男に、宮殿に乗り込んだミレーユは術をかけられてしまった。そのせいで一時記憶《きおく》を失い、助けにきたリヒャルトに他人のように接してしまったのだ。

「けど結局思い出したんだから、彼ももう気にしてないだろ？　そもそも、そんなことをいつまでも根に持ってきみをいじめるような人じゃないし」

「そうなの。気にしてないって言うのよ。だけどあたしは気にするわ。絶対やせ我慢《がまん》してるって思って、ちゃんと怒《おこ》ってって言ったのよ。勝手に宮殿に入ったこととかもね。そしたら、『そんなに怒ってほしいなら怒ってあげますが、どう怒ってほしいですか』って言うわけ」

「ふんふん」

「だからね、なんとしても詫《わ》びを入れたいって伝えたのよ。落とし前つけなきゃ、あまりにも情けないし申し訳が立たないじゃない」

「男らしいねえ」

「で、どうしたら許してくれる？　って訊《き》いたの。そしたら、『じゃあ、好きって百回言ってくれたら許します』って言うのよ。それで……」

そこではたと昨夜のことを思い出し、ミレーユは口ごもった。様子の変化を微妙《びみょう》に感じ取ったらしく、フレッドが笑顔《えがお》で促《うなが》す。

「言ったんだ？」

「ううん。言おうとしたけど……言えなかったっていうか、その……」

「また照れちゃってー。百回くらい言ってあげればいいじゃない。減るものじゃなし」

「あたしはちゃんと言おうとしたのよ。でもリヒャルトが言わせないようにするのよ」

「言わせないように？」

「うん……、だから……言おうとしたら、最後まで言う前に、口をふさいじゃうのよ……」

赤くなって口ごもる妹をフレッドはしばし見つめ、やがてにっこりと笑った。

「好きって言わせないようにキスしてくるんだ？」

ブシュッ！　と音を立てて、エドゥアルトの持つ細首の特殊《とくしゅ》紙製容器から果物ソースが飛び散る。イチゴの赤いソースが返り血のように彼の白い顔から滴《したた》った。

「そう……それで結局、四回くらいしか言えなかったの」

「で、あとの九十六回はずっとキスしてたわけか」

「そんなにはしてないわ！　破廉恥《はれんち》な！」

目を瞠《みは》って抗議《こうぎ》したミレーユは、一つ咳払《せきばら》いすると、気まずげに続けた。

「ここまで言わせないってことは、やっぱりかなり怒ってたんだと思って、ちょっと泣きそうになったのよ。そしたら慌《あわ》ててやめてくれたの」

「怒ってるわけないじゃないかぁ。それって単にきみといちゃいちゃしたかっただけだよ」

「え……そうなの？」

ミレーユはきょとんとして瞬《また》いた。言われてみれば、あの後リヒャルトは焦《あせ》ったように謝ってなだめていたっけ——。

思い出して首をひねっていたミレーユは、そこで目の前に広がる光景に気がついた。

正面に座る父の周りは割れたカップの破片《はへん》が散乱し、こぼれた茶がテーブルに広がって惨憺《さんたん》たる有様だ。しかも傍の空き皿や焼菓子《やきがし》には『呪』『殺』『葬』などの物騒《ぶっそう》な単語が果物ソースで書かれている。

「……!?　ね、ねえ。なんかパパの周り、やたら散らかってない？」

「いつものことだよ。気にしないで」

心配になりながらもあまりのことに声をかけられず、とりあえず兄にひそひそと訊《たず》ねると、さらりと答えを返された。しかしミレーユはフレッドほど父の奇行《きこう》には慣れていない。はらはらしながら声をかけようとすると、茫然自失《ぼうぜんじしつ》といった態《てい》だったエドゥアルトが我に返ったように座り直し、ごほんと喉《のど》を鳴らしてミレーユを見つめてきた。

「……ミレーユ。今から大事なことを訊くから、正直に答えなさい。いいね？　――きみは、昨夜《ゆうべ》リヒャルトと、その……夫婦《ふうふ》の契《ちぎ》り的なことをしたのかい？」

「ちぎり？」

訝《いぶか》しげに繰《く》り返したミレーユは、やがて言われた意味に気づき、はっと息を呑《の》んだ。

(それって確か、将来の約束をするってことよね……？)

思えば家族に相談もせず、承諾《しょうだく》もないのに一国の国主となる人からの求婚を受けてしまったのだ。それ以前に、未婚《みこん》の娘が自分の意志だけで結婚を決めるという話は聞いたことがない。

非常識なことをしてしまった。それに今まで気づかないくらい浮《う》かれていたのだと思い、ミレーユはまたも赤くなった。

「ご、ごめんなさい！　嫁入《よめい》り前なのに、勝手なことして……」

エドゥアルトの手の中でまたしてもカップが砕け散った。

「ははは……。したの……」

引きつりながら乾《かわ》いた笑いをあげるなり、エドゥアルトは「ふー」と白目をむいて失神した。

しかし同じくらい動揺《どうよう》していたミレーユはそんな父の状況《じようきよう》を気遣《きづか》えるはずもなく、

「――あたしっ、ちょっと頭冷やしてくる！」

勢いよく立ち上がると、そのまま一目散に部屋を飛び出したのだった。


駆《か》け出ていった妹を見送ると、フレッドは座ったまま気絶した父の口をおもむろにこじあけ、気付けの酒を流し込んだ。ややあって「ぶばっ！」と酒を噴《ふ》きながらエドゥアルトが意識回復するや、咳《せ》き込む彼を見てやれやれと肩《かた》をすくめた。

「いい加減、諦《あきら》めたら？」

目を血走らせてハンカチを握《にぎ》りしめ、エドゥアルトは「ぐぬぬぬ……」とうめいている。

「……確かに、以前からリヒャルトは無意識にだかどうだか知らないが積極的な言動を取っていた。それでいながら何も進展しなかったのは、ひとえにミレーユが無自覚だったせいだ。しかしだよ！　ミレーユが自覚した今、まさかこんなにも超《ちよう》高速で一線を越《こ》えてしまったなんて……っ。昨夜は二人して長いこと行方《ゆくえ》不明になったあげく、夜中にミレーユの寝室《しんしつ》からリヒャルトが出てくるのを見た時はあまりの衝撃《しょうげき》でその場に凍《こお》り付いてしまったよ！　あのケダモノっ、早業《はやわざ》ムッツリ！『リヒャルトはただのいい人よ！』と無垢《むく》に主張していたミレーユを返せ――!!」

わなわなと打ち震えながら、血の涙《なみだ》を流さんばかりにエドゥアルトは叫《さけ》んだ。空《から》になった杯《さかずき》にフレッドはさりげなくぶどう酒を注いでやる。

「ショックだったのはわかるけど、あんなド早朝に厚着もしないで廊下《ろうか》に突《つ》っ立ってたら風邪《かぜ》ひくよ？　あれからずっとあの二人を捜《さが》し回った挙げ句そこで何時間も固まってたんでしょ。いつになっても帰ってこないから心配したじゃないか。新大公殿下《でんか》からお手紙も来てたのに」

「そんなことはどうでもっ……、なんだって？」

ひらりと差し出された封書《ふうしょ》に、エドゥアルトは思わず声を呑みこんだ。

茶会から逃走《とうそう》したミレーユは、人気のない廊下を半分ほど走ったところで足を止めた。

(つい逃《に》げ出しちゃったけど……。どうしよう。なんて言おうかしら)

恋愛《れんあい》の師匠《ししょう》はこういう時の対処法は教えてくれなかった。廊下の真ん中で一人悶々《もんもん》と考え込むがいい案が浮かばず、ミレーユはため息をつきながら壁《かべ》に向かって額を押しつけた。

ふと昨夜のことが脳裏《のうり》に浮かぶ。篝火《かがりび》に照らされた庭園の小さな四阿《あずまや》。白い花が咲《さ》き乱れるその場所で、リヒャルトは跪《ひざまず》いて求婚《きゅうこん》してくれた。本当に夢のような場面だった。

（変な感じだったな。お芝居《しばい》を観《み》てるみたいで、でもそのお芝居の中にいるのはあたし本人で……）

友達というには少し違うが、身近にいる優《やさ》しいお兄さんで、何か困ったことがあれば自然と頼《たよ》りにしてしまう――リヒャルトとはそんなある意味あやふやな関係だった。けれども求婚の言葉をもらい、それにうなずいたことで、この先二人は夫婦という関係になるのだ――。

「……っ、……っ、……っっっ‼」

形容しがたい感情がこみあげ、ミレーユは思わず壁をばんばんと叩《たた》いた。

（夫婦って……、夫婦って……‼）

嬉《うれ》しいやら可笑《おか》しいやらなんだかむずむずするやらで興奮するのを、しばしそうやって発散させていると、ふいに背後から肩を叩かれた。

「――楽しそうですね。何をしているんですか？」

はっ、とミレーユは我に返る。聞き覚えのありすぎる声に急いで振《ふ》り向くと、リヒャルトが一人で立っていた。

「あっ……、お、おはよう」

「おはようございます」

突然《とつぜん》の登場にどぎまぎしながら挨拶《あいさつ》すると、爽《さわ》やかな笑顔が返ってきた。そのまばゆさに目がくらみ、ミレーユは思わず後退《あとずさ》った。

（ああっ、キラキラしてる……！）

「ミレーユ？　どうしたんですか」

「な、なんでもないわ、ちょっとまぶしくて……」

いつもと同じ笑顔《えがお》のはずなのに、爽やかさが四割くらい増して見えるのはどうしてだろう。両の目頭《めがしら》を押さえて目をしぱしぱさせていると、空いているほうの手を握られた。

「この壁が何か？　ものすごくにこにこしながら叩いてましたけど」

「あっ、なんでもないの、素晴《すば》らしい細密画だなと思って感動して。きれいな壁ねー！」

まさか夫婦妄想《もうそう》に一人でにやけていたとは言えず、慌ててごまかす。その割にその素晴らしい細密画を叩きまくっていたわけだが、そんな言い訳の矛盾《むじゅん》にもリヒャルトが突っ込むことはなかった。そうですか、とうなずいた彼は優しく見つめてきた。

「今朝の気分はどうですか？」

「ええ、いいけど」

「それはよかった。昨夜は少し無理をさせたかなと心配していたので」

途端《とたん》昨夜のことを思い出し、自分の失態にミレーユは赤面した。

「ご、ごめんね、途中で寝《ね》ちゃって……」

「慣れてないんだから仕方ないですよ。それより、ちょっと今から付き合ってくれますか」

「ええ……どこにいくの？」

リヒャルトは少し悪戯《いたずら》っぽく笑って口元に指を立てた。

「隠《かく》れんぼしてるんです」

「え？」

目を丸くするミレーユにもう一度微笑《ほほえ》むと、彼は手を引いて先を促《うなが》した。


案内されたのは、昨夜も訪《おとず》れたリヒャルトの個人書庫だった。

手前には背の高い書架《しょか》がいくつも林立しており、奥のほうには重厚《じゅうこう》な机と椅子《いす》が置いてある。机の背後の壁にかかっている分厚いカーテンをリヒャルトが開けると、薄暗《うすぐら》い室内に途端にまばゆい光があふれた。

「わぁ……すごい！　きれい……！」

目がくらんだのも束《つか》の間、広がった光景にミレーユは声をはずませた。

テーブルと長椅子が置けるだけの小さな室内バルコニーは、その部分だけが外に張り出し、全面が大きな窓になっている。天窓もあるため開放感は抜群《ばつぐん》だ。昨夜はここに座って星を見たが、今広がるのは深い蒼《あお》の湖と遠く対岸にある純白の宮殿《きゅうでん》の美しい光景だった。

「いい眺《なが》めね！　わー、湖に鳥がいっぱいいるわ！　あっ、あれなに？　丘《おか》の上にあるやつ。お屋敷《やしき》みたいなのがあるけど、あれも宮殿の一つ？　地図に載《の》ってたっけ……」

狭《せま》いバルコニーをくるくると動きながら窓にへばりつくようにして景色を見ていると、ふいに後ろから手を引かれた。

振り向くと、長椅子に腰掛《こしか》けたリヒャルトが微笑んで見つめていた。隣《となり》に座るよう目線で促され、一人ではしゃいでしまったことに気づいたミレーユははたと口を押さえた。

「ごめんね、朝からうるさかった？　そうよね、あなたはあれからまた舞踏会《ぶとう》に戻《もど》ったんだもんね、寝不足《ねぶそく》よね。なのにこんな朝早くから来るなんて、どうしたの？　大城館からここまでかなり遠いのに……、ていうか、なんでそんなにさっきからにこにこしてるの？」

つい質問攻《しつもんぜ》めにしてしまいながら隣に座ると、リヒャルトは微笑んで口を開いた。

「好きです」

「……？　なにが？」

「あなたのことが」

朝の挨拶の続きのような口ぶりで言われ、一瞬《いっしゅん》なんのことかわからなかった。目をぱちくりさせたミレーユは、やがて意味に気づいて動揺《どうよう》した。

「は……、な、なに？　そんな、いきなり、脈絡《みゃくらく》もなくっ」

「あなたは奇跡《きせき》みたいに鈍《にぶ》いし斜《なな》め上の思考をしてしまう人だから、はっきり口に出さないと愛が伝わらないとわかったので、これからは毎日言いますね。朝昼夜欠かさず」

「一日三回!?　いやっ、さすがにもうわかってるからいいわよ、大丈夫《だいじょうぶ》！　忘れないからっ」

爽やかな顔でとんでもない宣言をされ、ミレーユは目をむいた。一回言われただけでもどう反応していいかわからず心臓に多大な負担がかかるというのに、それを毎日三回ずつも言われるなんて、嬉しいというより恐《おそ》ろしい。

「言いたいんですよ。今まで言えなかった分も。言わせてください」

「う……」

じっと見つめられてお願いされ、思わず言葉に詰《つ》まる。今までまったく言わなかったのに急に真逆の態度に出るなんて、まるで別人のような変わりぶりだ。耐性《たいせい》のないミレーユはうろたえ、とりあえず自分の頰《ほお》をつねった。

「ミレーユ？　何をしてるんですか？」

「うん……わかんないんだけど、今朝目が覚めてからずっと頭がぼーっとしてるのよ。つねっても全然痛くないし、もしかして夢でも見てるのかなと思って……。だって一生誰《だれ》からもあんなこと言われないと思ってたし、あなたがそんな台詞《せりふ》を普通《ふつう》に言うわけないし、だから……」

思いきりつねっているつもりなのにやはりなんとも感じない——と首をひねるミレーユを、リヒャルトは不思議そうに見つめていたが、ふと笑みをこぼした。

「それはたぶん、つねり方が足りないんですよ。俺がやってあげます」

え？　と聞き返す暇《ひま》もなく、彼は頰をつねり——はせず、軽くかがみこんでミレーユの頰に口付けた。

「——!?　な、なな何すんのっっ」

予想外のことに目をむいて見上げると、リヒャルトはその体勢のまま目を合わせて微笑した。

「失礼、口がすべりました」

「どんなすべり方!?」

突っ込みを入れたのも束の間、楽しげに笑った彼の吐息《といき》がかかり、ぶわりと頰が熱くなる。

「あ……えっと、なんか、近くない？」

いつの間にか互《たが》いの鼻先が触《ふ》れあいそうな距離《きょり》にまで縮まっているのに気づき、たじろぎながら見上げると、リヒャルトは笑って答えた。

「視力が悪いから、近づかないとよく見えないんですよ」

「そうなの？　初耳だけど……ていうか、なんでこんなにくっつくのっ？」

「くっついていないと寒いんです。冷え性《しょう》だから」

「え!?　いや、それも初耳なんだけどっ」

つい以前の癖《くせ》でじりじりと後退るミレーユを、リヒャルトは軽く首を傾《かし》げて見つめたが、ふいにぼそりとつぶやいた。

「やっぱり、はっきり言わないとわかってくれないみたいですね……」

「な、なにが？」

何やら不穏《ふおん》な予感がして、おそるおそる訊《たず》ねると、彼はにこりと微笑んだ。

「キスしたい」

ぶひゃ！　とミレーユは奇声《きせい》を発した。

なんという予想外の爆弾《ばくだん》発言。何も口に入れていないのに、あまりの衝撃《しょうげき》に思わずむせ返る。げほごほと咳き込《せ》みながら顔を赤くして声を押し出した。

「な……、なんですって？」

「だから、キ――」

「ああーっ、いいっ、うん、聞こえてたからっ！」

恐ろしいことに空耳ではなかった。口説いているという感じのいかにも甘い雰囲気《ふんいき》ではなく、あくまで普通の表情なのがますます動揺をあおる。また気配が近づいてきて、ミレーユはたまらず叫《さけ》んだ。

「ちょっと待ってそれは無理っ!!　だってここ明るいし!!」

天窓からも全面の窓からもさんさんと陽射《ひざ》しがふりそそぎ、分厚いカーテンで区切られた小部屋は光があふれんばかりのまばゆさだ。だが、初めて気づいたというふうに周囲を見やったリヒャルトは、あまり気にした様子もなく立ち上がった。

「じゃあ、暗いところにいきますか？」

「へ？」

そんな返しが来るとは思ってもおらず、ミレーユは目を丸くした。手を引かれるまま立ち上がり、足をもつれさせながら後に続く。

「リ、リヒャルト、待って――」

机の傍《そば》を通り抜《ぬ》け、リヒャルトは書架の合間をぬって奥へと入っていく。どんどん薄暗くなる視界に焦《あせ》りながらついていくと、彼は書架群の突《つ》き当たり、最奥で足を止めた。

相変わらず爽《さわ》やかな、けれどもどことなく曲者《くせもの》な感がある笑みで引き寄せられ、ミレーユは慌《あわ》てて訴《うった》えた。

「あ、あなたねっ、気づいてるかわかんないけど、この前からかなり恥《は》ずかしい台詞を言いまくってるわよ！　頭が爆発《ばくはつ》しそうになるからちょっと控《ひか》えめにしてくれない？　そんなこと言う人じゃなかったでしょ」

しかし、どぎまぎしているミレーユとは裏腹にリヒャルトは平然と笑って答えた。

「それは無理です」

「な……、なんでっ？　できるでしょ、今までだってずっと紳士《しんし》的で――」

「ははは。無理無理」

「だから、なんでよっ」

ミレーユはじたばたと腕《うで》を振《ふ》り回してわめいたが、ふいに腕をとられ、ぎくりとして固まった。思ったより近くにあった鳶色《とびいろ》の瞳《ひとみ》に心臓が大きく鳴る。

「こうして好きな人が目の前にいて、俺のことを好きだと言ってくれているのに、自重できるわけがないでしょう？　昨夜《ゆうべ》はあなたも、遠慮《えんりょ》しなくていいって言ってくれたし」

「だっ……けど、でも……」

反論しようにも言葉が出てこず、ミレーユは口をぱくぱくさせた。確かに自分はそう言ったし、以前彼は「開き直る」と言っていたが、それにしても極端《きょくたん》すぎではないだろうか。

「でもやっぱり、すごく変よ！　もしかして何かに取り憑《つ》かれてるんじゃ……っ」

「ええ、変ですよ。全部あなたのせいです」

「そ、そんな……、なによ、いつもあたしのせいにしてっ」

「でも本当のことだから。あなたに会ってから、俺は完全に変になってしまいました。責任を取ってもらいたいですね」

さらりと言って、彼はミレーユの背後にある書架に両手をかけた。軽くかがんで目線を合わせ顔を近づけてくる。躊躇《ためら》いなく距離を詰められ、動けなくなってしまった。

「……したいな」

まるで内緒話《ないしょばなし》でもするかのように囁《ささや》かれ、吐息が頰にかかる。ミレーユは一気に赤面した。

(ひ……ひえぇぇ～)

背後は本の詰まった背高の書架、すぐ目の前にはリヒャルトがいる。両側は彼の腕に囲まれているし、その下をくぐって脱出《だっしゅつ》しようにも腕はミレーユの腰《こし》上あたりの棚《たな》にかけられているから低すぎて難しいだろう。これではとても逃《に》げられない。

「そんなに恥ずかしがらなくていいのに。ただの朝の挨拶《あいさつ》ですよ」

苦笑《くしょう》が落ちてきて、ミレーユはうつむいたまま落ち着きなく目を泳がせた。

確かに、自分が知らなかっただけで、恋人《こいびと》同士ならこんなふうに挨拶をするのかもしれない。それに彼が相手なら別に逃げる理由もない。というより逃げるほうが変なのだ――。

「じゃあ……、する?」

ぽつりと返した答えは消えそうなくらい小さな声になった。でもこれだけ近くにいれば聞こえただろう――と思っていると、そっと頰に手が触れ、顔をあげさせられた。

「う……、あの、あたし、やり方とかよくわかんないんだけど、手はどこに置いたらいい?」

「手は――つなぎましょうか」

左手にするりと指が絡《から》んでくる。この際だから知らないことは何でも聞いてしまえとばかりにミレーユは続けた。

「じゃ、足は？　やっぱり絡める感じ？」

「いや……、足は普通でいいです」

「普通ね、わかったわ。じゃあ、目は？　いつ瞑《つぶ》ったらいいの？」

軽く噴《ふ》き出し、笑いを堪《こら》えるように下を向いていた彼は、おかしそうに頬をゆるめて顔をあげた。

「わかりましたよ。そうやって俺を焦《じ》らして、楽しんでるんですね」

ミレーユは目を瞠《みは》った。つい最近まで恋人いない歴十七年だった乙女《おとめ》に何を言うのか。

「はっ？　そんな高等な技《わざ》があたしに使えるわけないでしょっ。あなたこそなによ、そんなに平気な顔して。いっつもあたしばっかりどきどきさせて、なんかずるい」

「平気なように見えますか？　俺だってちゃんとどきどきしてますよ」

ほら、と頭を引き寄せられミレーユは彼の胸に耳を当てた。服の感触《かんしょく》が当たるだけで心臓の音は聞こえないが、心地《ここち》よい温《ぬく》もりが伝わってくる。じたばたしていたことも一瞬《いっしゅん》忘れて黙《だま》り込むと、リヒャルトにそのまま抱《だ》きしめられた。

「……あなたがここにいるということが、まだ信じられない時があるんですよ。本当は傍にいなくて、コンフィールドの森で会った時からずっと自分は幻を見てるんじゃないかって。——だから、顔を見るとつい触《さわ》って確かめたくなるんです」

薄暗い上にくっついているため表情はよく見えないが、その声にミレーユは胸が締めつけられた。二度と会わないつもりでアルテマリスを出ていった彼の覚悟《かくご》が、彼自身をそんなに不安にさせているのだろうか。

「あたし本物よ。ちゃんとここにいるわ」

頬《ほお》に触れてきた指に自分の手を重ねると、そのまま上を向かされた。

「じゃあ、確かめさせてください」

つぶやくような声はどこか甘い響《ひび》きをしている。そっと唇《くちびる》をかすめた温もりもまた、声と同じように甘くて優《やさ》しかった。

「……本当だ。ちゃんとここにいますね」

軽く口付けた彼の、吐息《といき》まじりのその声だけで酔《よ》いそうになる。再び触《ふ》れてきた唇が離《はな》れた隙間《すきま》から、ミレーユは最後の質問をなんとか押し出した。

「あの……息はいつ止めるの？」

「止めなくていいですよ」

「……、でも……」

いくら短い口づけでも、そんなに繰《く》り返されたら苦しくて身体《からだ》から力が抜けてしまう。そう言いたかったが言わせてもらえなかった。

背後の書架《しょか》に頭がぶつかりそうになるのを、まるで察したように回された掌《てのひら》が守ってくれる。そんな何気ない指の動き一つからも、愛《いと》おしく思われているのが伝わってくるようだ。

やがて顔を離した彼は、書架に背中を預けていたミレーユを引き戻《もど》すように抱きしめた。

「これからは毎日一緒《いっしょ》にいられる。嬉《うれ》しくて頭がおかしくなりそうです」

「うん……」

実際のところネジが一、二本飛んでいるのでは……と思わなくもないこれまでの攻勢《こうせい》だったが、それは言わずにおく。ミレーユとて嬉しいのは同じなのだ。

しばらくそのままの体勢でじっとしていたが、ふと眉《まゆ》を寄せて顔をあげた。

どこからかばたばたと慌ただしい足音が聞こえてくる。誰《だれ》かがこちらへ走ってくるようだ。

と突然《とつぜん》、バーン！と激しい音をたてて書庫の扉《とびら》が開いた。

「こちらですか、大公殿下《でんか》っ！」

響いた男の叫び声にぎくりとした瞬間《しゅんかん》、リヒャルトの手に口をふさがれる。見ると、彼はもう一方の手で『静かに』という仕草をしてみせた。

「エセルバート様！——若君！」

リヒャルトの本名を呼びながら、入ってきた足音は神経質そうにうろうろと室内を歩き回っている。しかし書架群の奥にいる二人には気づかなかったようだ。やがて諦《あきら》めたように足音が戸口に向かい、扉の閉まる音がした。ミレーユは息をつき、リヒャルトを見上げた。

「いいの？　今の声、ロジオンのお兄さんでしょ。捜《さが》してたんじゃない？」

「いいんですよ。言ったでしょう、隠《かく》れんぼをしてるって。——それより」

「ふぎゃっ！」

首筋に触れられ、ひんやりとした感触にミレーユは飛び上がった。何をふざけているのかと目をつり上げたが、リヒャルトは真面目《まじめ》な顔をしてなおも首もとを見ている。

「これ……痕《あと》が残ってしまいましたね。昨夜は暗かったから、気づかなかった」

再び触られてミレーユもようやく気づいた。一月《ひとつき》前のオズワルドとの婚礼《こんれい》の席で、剣《けん》で斬《き》りつけられた場所だ。気にしていなかったが、襟《えり》の開いた服を着ていると確かに少し目につく。

「あ、そうね。でも傷はふさがってるし、痕もそのうち消え……ひゃあぁっ、ちょっとっ⁉」

何か考え込んでいたリヒャルトが、真顔のままかがみ込んできたかと思うと首筋に唇を寄せたので、ミレーユは仰天《ぎょうてん》して飛び退《の》こうとした。

「なによっ、何する気⁉」

「早く痕が消えるように、おまじないを」

「えっ、ちょっと、待っ……」

どうやらふざけているのではなく本気で心配しているようだ。首筋に吐息が触れるのを感じて、ミレーユの頬が痛いくらい熱くなった。肩《かた》を押し返そうとしたが、びくともしないどころか逆に動けないよう抱きしめられそうになる。

「リ、リヒャルト、大丈夫《だいじょうぶ》だから、待ってってば、ちょっ……」

「大公殿下」

「ぎゃあぁ――――っっ!!」

ぬっと書架の横から男の顔が出てきて、ミレーユは絶叫《ぜっきょう》した。

ロジオンの兄――ルドヴィックが、むすりとした顔で姿を現す。出ていったと見せかけてまだ室内にいたらしい。彼はもつれるように押し合いへし合いしていた二人を眺《なが》めて苦々しく嘆《たん》息《そく》した。

「――お捜しいたしましたよ。若君」

顔をあげたリヒャルトは、臣下にこんな場面を見られたというのに特に動揺《どうよう》もしていない。

「なぜわざわざいいところで邪魔《じゃま》をするんだ」

「それはご無礼を。しかし私も己《おのれ》の役目をまっとうせねばなりませんので。結婚《けっこん》の申し込みをするので公爵《こうしゃく》閣下に取り次ぎをするよう仰《おっしゃ》ったのは若君ですぞ」

ミレーユは驚《おどろ》いてリヒャルトを見上げた。では彼はそのためにこんな朝から迎賓館《げいひんかん》へやってきたのか――と納得《なっとく》していると、視線に気づいた彼が微笑《ほほえ》んで見下ろしてきた。

「本来の筋としてはエドゥアルト様にお許しをもらうのが先でしょうが、これまでは会っていただけませんでしたからね。でもこれ以上先延ばしにはできませんから」

「あっ……、あたし、まだパパに話してないの。あなたから求婚《きゅうこん》されたこと」

「俺から全部話すから、大丈夫ですよ」

「でも……パパに向かって、娘《むすめ》さんをください！　とか言うわけでしょ。ああ、今さらだけどすごくまずいんじゃないかしら。あなたきっと半殺しにされるわ。男親ってのは娘の結婚相手を一度はタコ殴《なぐ》りにするものだって、シェリーおばさんが言ってたもの」

物騒《ぶっそう》な事態を想像してミレーユは青ざめたが、リヒャルトは動じるどころか微笑んだ。

「それくらいで済む話なら、喜んで受けますよ」

「だめよ、そんなの！　あたしもついていくわ。たぶん少しは被害《ひがい》を食い止められるはずよ」

「大丈夫だから、落ち着いて。部屋で待っていてください。あとで会いにいきます」

安心させるように微笑むと、彼はルドヴィックと一緒に書庫を出ていった。

見送ったミレーユは落ち着きなく書庫を歩き回った。父と対決するとなると何が起こるかわからない。なにしろ父ときたら娘の目から見ても度の過ぎた親馬鹿《おやばか》なのだ。

（……うん。やっぱり、あたしも一緒にいこう！）

決心したミレーユは急いで書庫を出た。リヒャルトが向かったのはおそらく家族の居間の隣《となり》にある応接間だろう。走ってそちらへ向かう。

だが辿《たど》り着く前に、廊下《ろうか》の陰《かげ》から現れたルドヴィックが行く手に立ちふさがった。

「――あなたには、少しお話が」

有無《うむ》を言わせぬその口ぶりに、ミレーユはたじろいで彼を見上げた。


手近な部屋にて二人きりで向かい合うことになったルドヴィックは、緊張《きんちょう》しながら長椅子《ながいす》に座るミレーユを値踏《ねぶ》みするように見ていたが、やがてため息をついて口を開いた。

「正直申し上げて、あなたと若君のご結婚には不服を抱《いだ》いています。あなた個人に対する不満も消えません。いくら若君がお選びになったとしても、お相手として基準に達していないのであればそれをお止めするのが私の務めですので」

「……はあ……」

やはり反対らしい。もともと好かれていないのは察していたが、リヒャルトの側近中の側近である彼から嫌《きら》われるのはつらいものがある。

「しかしながら、あなたがお持ちの後ろ盾《だて》が魅力《みりょく》的であることも事実です。あまり認めたくはありませんがね。王家の他《ほか》の姫君《ひめぎみ》をいただけない以上、あなたで手を打つしかありません」

「――え」

「認めましょう。若君の奥方となられることを」

しゅんとして聞いていたミレーユは目を瞠《みは》った。ものすごく不本意そうな顔をしているルドヴィックだが、確かに彼は今「認める」と言ったのだ。

「本当ですか、ルドヴィックさん！」

「ただしそれは大公妃《ひ》にふさわしい知性と品格を完璧《かんぺき》に身につけることができた場合の話です！」

鋭《するど》く指を突《つ》きつけて即答《そくとう》され、身を乗り出しかけたミレーユは動きを止めた。

他の姫と縁談《えんだん》があると嘘《うそ》をついてまでミレーユを遠ざけようとした人だ。簡単に認めてくれるとは思っていなかった。それに、自分が今のままではいけないこともわかっている。

「……わかりました。リヒャルトに――」

「殿下とお呼びしてください。そのような名前の方はこの宮殿《きゅうでん》にはおられません」

ぴしりと遮《さえぎ》るような訂正《ていせい》にも、負けるものかと居住まいを正して見つめ返す。

「殿下にふさわしい妻になれるよう、なんでも勉強します。命をかけて頑張《がんば》ります！」

「よろしい。ではまず、そのはすっぱな言葉遣《ことばづか》いを改めてください。若君はお気になさらなくとも私は許しません。大公妃ともあろう御方《おかた》がそのような庶民《しょみん》じみた物言いをするなど」

顔をしかめて言われ内心むっとしたが、反論したいのを堪《こら》えてミレーユはうなずいた。

「わかりました。以後気をつけます」

「結構です。では本題に入りましょう。現在若君は第六代大公であられたお父君、並びにお母君やご親族方の喪《も》に服しておられます。それは聞いておいでですか？」

「はい、リヒャ……殿下から聞きました」

ミレーユは神妙《しんみょう》な顔で答えた。昨夜《ゆうべ》書庫でリヒャルトが話してくれたことを思い出す。

リヒャルトが宮廷《きゅうてい》を取り戻してまず行ったのは、各機関の綱紀粛正《こうきしゅくせい》とともに亡《な》き大公家一族の弔《とむら》いに関する発表だった。先代大公夫妻や一族の名誉《めいよ》回復のため正式に喪に服し、八年前に行われなかった葬礼《そうれい》の儀《ぎ》をあらためて執《と》り行うのだ。喪主を務めることによって正統な後継者《こうけいしゃ》であることを各国に知らしめ、国交を復活させることにもつながっていくのである。

この場合亡くなったのは国主であるから、宮廷そのものも服喪中ということになる。といっても派手な饗宴《きょうえん》を控《ひか》えるだけで他は通常と変わりないという。

「服喪期間は半年から一年——その間に逃《に》げた狂信《きょうしん》派のことも片を付けて、あたし……いえ、わたしのお妃《きさき》教育も済ませるつもりだって」

「その通りです。婚礼の儀はすべての懸念事項《けねんじこう》が取り除かれてから行われることになります。つまりそれまではあなたと若君は単なる他人、しかも若君は服喪中の御身《おんみ》。先程《さきほど》のような戯《たわむ》れはこれ以降、遠慮《えんりょ》していただきたいですな」

棘《とげ》のある口調に、さすがにミレーユは眉《まゆ》を寄せて彼を見た。

「他人じゃないわ」

「いいえ、他人です。政略結婚のお相手ではありますが、正式に婚約《こんやく》を交《か》わされたわけではない。あなたはここではただの賓客《ひんきゃく》であり若君とは赤の他人です。それをお忘れなきよう」

やたら『他人』を強調しながらルドヴィックは流れるように言い募《つの》った。あくまでミレーユを国同士で決めた相手として扱《あつか》うつもりらしい彼は、反論の隙《すき》も与《あた》えず続けた。

「では次に。大公妃の最大にして最重要なお役目とは何かおわかりですか」

「え……？　ええっと」

「お世継《よつ》ぎを産むことです」

にこりともせずに言った彼を、ミレーユはまじまじと見つめた。

「世継ぎ……子ども？」

「さよう。それに関連して閨房《けいぼう》の知識も身につけていただかなければなりません。言わずもがな、夜のお務めのことです。最初に申し上げておきますが、恥《は》じらい云々《うんぬん》といった感情はここでは捨てていただきたい。これは崇高《すうこう》なる行為《こうい》、そしてあなたの義務となることですから」

相手は一応十代の未婚《みこん》の少女だと認めての発言なのだろう。釘《くぎ》を刺《さ》すかのようにずけずけと言われて、赤面するよりも先にミレーユは呆気《あっけ》にとられてしまった。しかしすぐさま頭を切り換《か》え、胸に手を当ててうなずいた。

「その点については心配しないでください。こう見えても地元では一番の耳年増《みみどしま》だったんです。一通りのことは知ってますし、それなりに覚悟《かくご》もしてますから」

「それは頼《たの》もしいですな。しかし宮廷流の威儀《いぎ》というものがありますので、勉強はしっかりとしていただきます」

興味がなさそうな顔つきで彼は一冊の本を差し出した。どうやらその道の教科書らしい。受け取ったミレーユは、やる気満々で本を開いた。

(小さな子どもじゃないんだから、結婚するってことがどんなことかくらい知ってるわ。そりゃ、実践《じっせん》となるといろいろ勝手が違《ちが》うかもしれないけ……ど…………)

ぎらぎらと目を光らせながら頁《ページ》を繰《く》っていた指が、ぴたりと止まる。

しばし無言でそれを見つめ——ぱたん、と本を閉じた。

「…………なに？　これ」

「何とは？」

鉄壁《てっぺき》の表情を崩《くず》すことなくルドヴィックが応じる。それには答えず、ミレーユは混乱しながらもう一度教科書をおそるおそる開いた。

「え……なんなの？　ちょっと待って、これ、どうなってるの。なんか、見たことない世界が…………きゃ————っっっ!!」

あらためて中身を目の当《ま》たりにし、ミレーユは裏返った悲鳴をあげて本を放《ほう》り投げた。

「行儀《ぎょうぎ》が悪い。何事ですか」

不快そうに眉をひそめるルドヴィックに、相手が誰《だれ》かも一瞬《いっしゅん》忘れ涙目《なみだめ》で訴《うった》える。

「だって！　これっ……、なんかあたしの知ってるのと違う！　こんなのできるわけない！」

「できなければ他の女性を殿下《でんか》にご紹介するだけですが？」

冷たい一言に、はたと我に返った。

「他の……って、誰？」

「どなたでも。殿下の後宮に入りたいと願う女性はそれこそ掃《は》いて捨てるほどいますので。あなたにやる気がないのであれば、そちらにやっていただきますので結構です」

身も蓋《ふた》もない言い方に、青ざめていたミレーユは今度はみるみる赤くなった。

（やっていただくって、こ……これを？　リヒャルトが、他の人と……）

これまで自分が知っていた世界は、一体なんだったのだろう。恋愛《れんあい》の師匠《ししょう》も近所のおじさんやおばさんたちも、肝心《かんじん》なことは教えてくれていなかったのだ――。

（勉強不足だったわ……。なんかよくわかんなかったけど、アレも頑張って勉強しなきゃいけないのね。これも花嫁修業《はなよめしゅぎょう》のうちなのね……！）

立派な妻となるには避《さ》けて通《とお》れない道なのだ。それに、他の女性とやらを連れてこられるのは、ちょっと困る。

自分に言い聞かせていたミレーユは、ふと気になってルドヴィックに目を戻《もど》した。

「……あの。ちなみにこういうのって、殿下も勉強してるんですか……？」

「当然です。こちらはせいぜい初級編でしょう。若君は十一歳の頃《ころ》に習得なさいました」

「十一⁉　早っ！」

さすが元王太子、教育が行き届いている。しかも十一歳で初級編ということは、二十歳《はたち》になった現在は中級編や上級編もすでに習得しているかもしれないのだ。

（あんなに爽《さわ》やかなのに……こんなこと知ってるなんて……！）

ショックを受けて黙《だま》り込んでいると、ルドヴィックが冷ややかに鼻を鳴らした。

「これしきのことで挫《くじ》けるようでは大公妃への道は遠いですな。これは早々に別の方をお探ししたほうがよいやも――」

「まっ、待ってください！」

ミレーユは慌《あわ》てて叫《さけ》んだ。この分では彼は今すぐにでも『別の方』を選考に行ってしまいそうだ。

くっと奥歯を噛《か》みしめ、投げ出した教科書に目をやる。自分だけ何も知らないままではいざという時リヒャルトに迷惑《めいわく》をかけるだろう。妻として後《おく》れをとるわけにはいかない――。

決心したミレーユは教科書を拾い上げると、すっくと立ち上がった。

「わたしがやります！　ちょっと今から殿下と相談してきますから！」

宣言して飛び出す背中に、ルドヴィックの「廊下《ろうか》は走らない！」という叱咤《しった》が飛んだ。

折しもその時、リヒャルトは厳しい尋問《じんもん》を受けている真っ最中だった。

「では、本っ当に、この果たし状の件は誤解だと言うのかい？」

向かいに座ったエドゥアルトがテーブルに手紙を叩《たた》きつけ、血走った目でにらみつける。

『この前の夜』だの『乙女《おとめ》の純潔を無理やり踏《ふ》みにじる』だのと書かれたそれをリヒャルトは冷や汗《あせ》の浮《う》く思いで見つめた。ミレーユが自分に宛《あ》てた果たし状だというのはすぐわかったが――。

（なぜよりによってエドゥアルト様に誤送するんだ……）

こんなところでも間《ま》が悪い自分が呪《のろ》わしい。しかし今は彼の誤解を解くのが先だ。

「もちろんです。エドゥアルト様がお疑いのようなことはしていません」

「してないのにこんなことを書かれるわけがないだろう!?」

「これは……なんというか、言葉の綾《あや》のようなものかと」

「ほっほーう、言葉の綾ねえ。ではきみは神に誓《ちか》ってミレーユに指一本触《ふ》れていないんだね？」

ぎろりとにらまれ、リヒャルトは言葉に詰《つ》まり――観念して頭を下げた。

「すみません。我慢《がまん》できませんでした」

「やっぱりやってるんじゃないかっ!!」

いびりまくるエドゥアルトと、ひたすら下手《したて》に出るしかないリヒャルトをよそに、少し離《はな》れたテーブルではフレッドが我関せずといった表情で茶を飲んでいる。父が暴走した場合を想定して待機しているのか、それともただの野次馬根性《やじうまこんじょう》なのかはわからない。

「では正直者のきみに訊《き》くけどぉ、昨夜は求婚《きゅうこん》ついでに濃厚《のうこう》な口づけをしたり、一晩中二人きりで過ごしたりも、もちろんしていないよねぇ？　結婚前のよそ様の娘《むすめ》にそんなことはまさかしないよねぇぇ。私はきみをそんな子に育てた覚えはまったくないしぃ」

「……申し訳ありません」

「ふうぅぅん。したんだ。へー。——で？　これまでの流れを聞いたところ、なんだかきみとミレーユは結婚するみたいな話になっているようだけど？　一体どういうことかなぁ？」

エドゥアルトはひくひくと頬《ほお》を引きつらせて笑った。必死に余裕《よゆう》を見せようとしているようだが、みなぎる殺気は一触即発《いっしょくそくはつ》といった態《てい》だ。

「おかしいねえ、リヒャルト。きみは確かアルテマリスを出る時、私にこう言ったんじゃなかったかな。ミレーユのことは決して巻き込まないと約束します、二度と会うこともありません、と。違ったかい？」

リヒャルトは再び答えに詰まり、拳《こぶし》を握《にぎ》って視線を落とした。

「……いえ、その通りです」

「そうだよねえ。それがなぜ結婚だなんて話になるのかなぁ。きみはそんなに簡単に誓いを破るような子だったっけなぁぁ」

エドゥアルトはぎらぎらとにらみつけながら凄絶《せいぜつ》なまでの笑《え》みを浮かべている。これは八つリヒャルトは咄嗟《とっさ》に反論できなかった。自分の今回の怒りは無理もない正当な怒りなのだとわかるから、リヒャルトは咄嗟に反論できなかった。自分のこれまでの所業もこれから言おうとしていることも、本来なら彼に絶縁《ぜつえん》を申し渡《わた》されても仕方ないくらいのことなのだ。

だが今は何が何でも言わなくてはならない。リヒャルトは顔をあげ、ずいと膝《ひざ》を進めた。

「……エドゥアルト様やフレッドを裏切ったことは、本当に申し訳なく思います。あの時の誓いは本心からのものでしたし、ミレーユを危険にさらしたくないという思いは今も変わっていません。ですが、勝手なのは重々承知の上で申し上げます。あの誓いは撤回《てっかい》させてください」

本当に、自分でも呆《あき》れるくらい勝手なことを言っている。だがその後ろめたさや引け目がその分気迫《きはく》となって現れたのか、エドゥアルトが圧《お》されたように身を引いた。

「ご非難はいくらでも受けます。どうかお願いします。ミレーユと結婚させてください」

心からの想《おも》いを述べると、真剣《しんけん》さが伝わったのかエドゥアルトはたじろいだように黙り込んだ。しかしすぐに、ぐっと眼差《まなざ》しを鋭《するど》くする。

「――真剣に好きなんだね？」

「――はい」

まっすぐ目を見つめてうなずくと、エドゥアルトは眉《まゆ》を寄せたまま黙り込み、カップを口に運んだ。もっと大騒《おおさわ》ぎするかと思いきや意外に冷静な反応である。もともと申し出の内容には見当がついていたのだろう。彼が返事を出す時を、リヒャルトは緊張《きんちょう》しながらじっと待った。

部屋の扉《とびら》が勢いよく開いたのは、そんな時だった。

何事かとそちらを見た三人の目に飛び込んできたのは、息を切らせたミレーユの姿だった。彼女は一目でリヒャルトを見つけるなり、急《せ》いた様子で駆《か》け寄ってきた。

「リヒャルト、子作りのことで相談なんだけど！」

ブフーッ!! と向かいから茶を噴《ふ》き出す音が聞こえた。

「こ……、子作り？」

リヒャルトは間の抜《ぬ》けた声で繰《く》り返した。聞き違《ちが》いだろうか——それとも別の意味のそんな単語があっただろうか？

目を丸くして絶句するリヒャルトを、隣《となり》に座ったミレーユは真剣な顔で見上げてくる。

「あたし、死ぬ気で子作りの勉強するから！　やる気はあるの、だからそれまで待ってて！」

ガチャン、パリン！　と向かいから陶器《とうき》の割れる音が聞こえた。

妹の奇行《きこう》に慣れているはずのフレッドさえ、さすがにぽかんとして見ている。しかし誰より驚《おどろ》いたのは言われた当人であるリヒャルトに違いない。

「な……、急に、何を言い出すんですか？　自分が何を口走っているかわかってるんですか」

こんなにしどろもどろになったのはいつ以来だろう。相変わらず心臓に悪い発言をぶっ放してくる人だ。よく彼女には「天然」だと言われるが、こういう時の彼女こそ最強の天然に違いない。口づけしようとした時はあんなに恥《は》ずかしがっていたくせに、彼女の恥じらいの基準は一体どうなっているのか。

「だって、世継《よつ》ぎを産むのがお妃《きさき》の仕事なんでしょ。昨夜《ゆうべ》はそんなこと、全然言ってなかった

じゃない。なんで教えてくれなかったの」

「そんな……いくらなんでも気が早すぎますよ。そんなことはまだ考えなくていいです」

「甘いわよ！　そんなことじゃ他《ほか》の人が来ちゃうじゃない。あなたは上級編までやってるから余裕だろうけど、こっちは必死なのよ！」

「じょ、上級編って、何？」

もう何が何だかさっぱりわからない。ただミレーユが言葉通り必死なのはよくわかった。でなければこんな発言が素面《しらふ》で出てくるわけがない。

「ふーん……もう子どもの話とかしているんだ……」

震《ふる》える声が聞こえ、リヒャルトはぎくりとして向かいを見た。

エドゥアルトが笑顔でこちらを見ていた。顔面蒼白《そうはく》で頬は盛大に引きつっているしテーブルには砕《くだ》けたカップの破片《はへん》が散らばっているしで、友好的な笑顔でないのは言うまでもない。

これはまずい。今まさに彼に結婚の許しを請《こ》うところだったというのに、さっきより空気が悪くなってしまったような——。

「そりゃするよねえ。だって恋人《こいびと》同士だもん。昨夜だって……ねえ？」

ふいにフレッドが口をはさんだ。意味ありげな視線を向けられ、ミレーユがたじろいだように頬を染める。

「な、なによ、いいでしょ別に」

「ぼくはいいんだけど。きみたちが身も心も結ばれたことをまだ受け入れられない人がいるからさー。そりゃ新婚《しんこん》だもん、家族計画の話くらいするよねえ」

「……!?」

リヒャルトは目を見開いてフレッドを見た。今そんな誤解を招くような発言をされるのは、非常に困るのだが。

当惑《とうわく》するリヒャルトの視線に気づいているのかいないのか、フレッドは優雅《ゆうが》に茶を楽しみながら妹に目を向ける。

「ちゃんと言ったんだけどね。リヒャルトなら優《やさ》しくしてくれるはずだから心配いらないって。ねえそうだったろ、ミレーユ？」

「当たり前でしょ！　リヒャルトはいつも優しいわよ。……ね？」

ミレーユはむきになって断言し、そんな自分に照れたのか少し赤くなった。そうだよねえとフレッドもにこやかにうなずく。天然な双子《ふたご》の会話に——一方に関しては故意のような気もしたが——リヒャルトの額に冷や汗が浮かんだ。

（やめてくれ……）

部屋の温度は下がる一方である。こちらに不利な空気が積もっていくのも間違《まちが》いない。

「……二人とも、ちょっと席をはずしなさい。パパはリヒャルトと大事な話があるんだ」

おごそかにエドゥアルトが口を開き、ミレーユとフレッドは顔を見合わせた。

「あ……そういえば、あたしが乱入して邪魔《じゃま》しちゃったのよね。ご、ごめんなさい」

「ええー、ぼくも？　そんなこと言ってお父上、ぼくたちがいなくなったらリヒャルト抹殺《まっさつ》計画を実行するつもりでしょ。やめときなって、一瞬《いっしゅん》で返り討《う》ちに遭《あ》うだけだって」

「なんですって⁉ やめてよパパ！ リヒャルトはあたしの……だ、旦那《だんな》様になる人なんだからっ！ 半殺しとか絶対にだめよ！」

「ミレーユ……」

その発言も、庇《かば》うようにしがみつかれるのも、とても嬉《うれ》しいのだが今は喜ぶ余裕がない。殺気が格段に増したことをひしひしと感じ、リヒャルトはごくりと喉《のど》を鳴らす。

「いいから。行きなさい」

いつになくきっぱりとした促《うなが》しに、二人はもう一度顔を見合わせると仕方なさそうに扉へ向かった。ミレーユが心配げに振《ふ》り返りつつ、扉を閉める。

——そして、部屋には二人だけが残った。

静まりかえった室内に、やがて震える声が響《ひび》きはじめる。

「ふふ……旦那様だの……子作りだの……ふふふ……」

「……エドゥアルト様？」

「こ……こ……この……」

不気味な笑い声をあげながらエドゥアルトが腰《こし》をあげる。彼はぎらりと目を光らせると、間にある石のテーブルに手をかけた。

「……っの爽《さわ》やかムッツリ助平《すけべい》め——っっ‼ よくも私のミレーユに不埒《ふらち》な真似《まね》をおおぉぉ‼」

雄叫《おたけ》びとともにテーブルが横にふっ飛んだ。茶器が砕け散り、ガッシャーンと凄《すさ》まじい音が響き渡る。普段温厚《ふだんおんこう》な彼の信じられない暴れっぷりにリヒャルトは驚いて立ち上がった。

「エドゥアルト様、落ち着いてください！」

「娘《むすめ》に手を出されたというのに落ち着いてなどいられるか!!　勝手に求婚《きゅうこん》したかと思えば早速《さっそく》押し倒《たお》して、あまつさえ子作りがどうのとイチャイチャしながら語るとは……ッ。どれだけ手が早いんだきみは!?」

「申し訳ありません。承諾《しょうだく》もなく求婚したことはお詫《わ》びします。ですが本人の意志も確認《かくにん》せずに周りだけで決めてしまうのはどうかと思い――」

「それは今はどうでもいい！　さっきの会話はなんなんだっ!?　どう考えてもミレーユが母性に目覚めたとしか思えないんだけどおぉぉ――!?」

「いや……俺にもさっぱりわかりません。とにかく、落ち着いてお話を聞いてください」

「とぼけるなー!!　胸に手を当ててよく思い出してみたまえ！　きみは昨夜、求婚に成功した情熱に駆り立てられるままミレーユと一線を越《こ》えただろう！　夜中にミレーユの部屋から出てくるのをこの目で見たんだからねっ！」

　リヒャルトは目を瞠《みは》って彼を見返した。

　あまりの驚きにしばらく声が出てこなかった。しかし必要以上の敵意を感じていた理由がやっとわかって、慌《あわ》てて抗弁《こうべん》した。

「そんなことはしていません！　書庫で話をしている途中《とちゅう》で彼女が寝《ね》てしまったので、寝室《しんしつ》に運んだだけです」

「ハナシだぁ〜？　人気《ひとけ》のない書庫でなんの話をしていたんだっ！」

「これから宮廷《きゅうてい》で生活するにあたっての注意や、それに付随《ふずい》することとの説明です。大公妃の仕事は何かと訊《き》かれたので、とりあえず簡単なところから教えようと思って……。お許しをいただいてもいないのに、勝手なことをして申し訳ありません」

さすがに先走った行動に反省しながら頭を下げる。少年時代の勉強部屋の一つがこの迎賓館《げいひんかん》にもあるため、資料を見せながら説明したほうがわかりやすいだろうと連れていったのだが、難しい本を読むと眠《ねむ》くなるというミレーユは無理をしすぎたのか途中で寝てしまった。疲《つか》れさせたことを可哀相《かわいそう》に思いながら寝室へ運んだのは日付が変わる前のことだ。

眉《まゆ》をひそめてリヒャルトを凝視《ぎょうし》したエドゥアルトが、気の抜けた声で確認する。

「え。——してないの？」

「当たり前ですよ……！　浮《う》かれていたことは認めますが、いくらなんでもそれくらいの分別《ふんべつ》はあります！」

心外に思うやら脱力《だつりょく》しそうになるやら、恐《おそ》ろしい誤解が解けたことに心底安堵《あんど》するやらで、リヒャルトはため息まじりに前髪《まえがみ》をかき上げた。まさか結婚《けっこん》の承諾を求める席でこんな疑惑《ぎわく》をかけられるとは思ってもみなかった。よほど信用されていないらしい。

だがここで退《ひ》くわけにはいかない。呼吸を整えるとあらためて彼を見つめた。

「エドゥアルト様、お願いします。ミレーユを俺にください」

拍子抜《ひょうしぬ》けしたような微妙《びみょう》な表情だったエドゥアルトが、その言葉に目をむいた。

「持てる力の全《すべ》てを懸《か》けて守ります。俺はもう彼女なしでは生きていけません！」

「な……、そっ、それは私も同じだあ――――!!」

エドゥアルトは裏返った声で叫《さけ》ぶと、はあはあと激しく肩《かた》で息《いき》をついた。

血走った目でかみつくようににらむエドゥアルトを、リヒャルトもまっすぐ見つめ返す。どちらも一歩も退かぬといった様子で、ぶつかる視線が火花を散らすかのようだ。

やがて、先に目をそらしたのはエドゥアルトのほうだった。彼は深呼吸するとすとんと椅子《いす》に沈《しず》み込んだ。厳《いか》めしい表情ながら、それまでの鬼気迫《ききせま》る勢いは消えている。

「――リヒャルト。きみも知っているだろうが、私はミレーユをとてつもなく愛している。できれば一生手元に置いておきたいほどだ。わかるだろうか、この気持ちが」

「……はい」

「そんな可愛《かわい》い娘を攫《さら》っていこうとする男は、誰《だれ》であろうと憎《にく》らしい。すでに手を出しているくせに素知らぬ顔で結婚の申し込みにくるような男は尚更《なおさら》だ。わかるかな、この気持ちが」

「…………はい」

「だが、あの子の幸せを思えば花の盛りの年頃《としごろ》にお嫁《よめ》に出してやるべきなんだろう……。腹は立つが、その相手がきみだと思えば、まあ納得《なっとく》もできる。――私はきみのことも我が子のように愛《いと》しく思っているからね」

リヒャルトは、はっと顔をあげた。いかにもしぶしぶ認めてやったというエドゥアルトを見て、安堵の吐息《といき》がこぼれる。

「エドゥアルト様……」

「しかし条件がある！」

キッと厳しい表情に戻《もど》り、エドゥアルトは勢いよく指を突《つ》きつけた。

「きみが本当に心の底から誠実でミレーユを幸せにできる男かどうか、私は見きわめなければならない。式もあげていないのにべたべたするような不埒な真似は、騎士《きし》としても男としてもあってはならないことだ。そうだろう？」

「はい……そうですね」

「そこできみに試練を課す！　結婚式《けっこんしき》の日までミレーユといちゃいちゃべたべたしないこと！　不純な交際は一切《いっさい》禁止！　以上!!」

鼻先に指を突きつけられて宣言され、リヒャルトは目を見開いた。やがてその意味と彼の懸《け》念《ねん》に気づき、表情をあらためる。

「お言葉を返すようですが、ご心配なさらなくてもそのあたりのけじめは初めからつけるつもりでいます。そこまで信用いただけていないとは、心外です」

「本当にわかっているんだろうね？　これまでみたいにミレーユを膝《ひざ》に乗せたりやたら抱《だ》きしめたりべたべた触《さわ》りまくったりするのも不可だと言ってるんだよ？」

じとりとした目つきで言われ、しばしその言葉を頭の中で反芻《はんすう》する。

「それは……、手を握《にぎ》ったり挨拶《あいさつ》で抱き寄せたりなども駄目《だめ》ということですか？」

「むむ……まあ握手《あくしゅ》くらいなら大目に見てもいいが」

「では、おはようとおやすみの頰《ほお》に口づけは――」

「そんなことまでするつもりだったのかっ⁉　駄目だ駄目だ駄目だ――っっ‼」

「……額やこめかみには？」

「どこだろうとキスは禁止だっ‼」

くわっと目をむいて激しく否定され、リヒャルトは小さくため息をついた。

エドゥアルトにとっては最愛の宝のような娘を奪《うば》われるのだから態度がきつくなるのも当然だ。自業自得《じごうじとく》だから、もし許しをもらえるならなんでも条件を吞《の》もうと最初から思っていた。そう、覚悟《かくご》はしていたが――。

（……儚《はかな》い夢だったな……）

想《おも》いが通じ合ったのはまだ昨夜《ゆうべ》のことなのに、もう触《ふ》れられなくなってしまうとは。――いや、これくらいで済んでよかったと思うべきなのだろう。

「……わかりました、仰《おつしや》るとおりにします。それで結婚のお許しをいただけるのなら」

答えた声は我ながら覇気《はき》がなかった。対照にエドゥアルトは勝利の笑《え》みを浮かべている。

「ふふん。わかればいいんだよ、わかればね」

こうしてこの日、そこはかとなくやさぐれる新大公と、溜飲《りゅういん》を下げて満足げな未来の舅《しゅうと》との間に秘密の契約《けいやく》が結ばれたのだった。

第二章　お妃修業、はじまる

間もなくミレーユは大城館に住居を移ることになった。

公爵令嬢《こうしゃくれいじょう》としての『ミレーユ』が滞在《たいざい》する館《やかた》の下階、奥まった場所にある部屋が、ミレーユの新しい住まいである。直接外に通じる出入り口はなく、出入りするには『ミレーユ』の部屋を通り抜《ぬ》けなければならないのが面倒《めんどう》といえば面倒だが、大公の許嫁《いいなずけ》が住む館であるため警備は厳重であり、そのぶん安全は保障されているといっていいだろう。

そして、このような配置にされたのはもう一つ理由があった。

「じゃあ、一旦《いったん》上に行ってフレッドと入れ替《か》わってから授業に行くってこと？」

引っ越しの翌日。集まった面々に囲まれて、テーブルに広げられた見取り図を見ながら訊《たず》ねたミレーユに、向かいに座ったリヒャルトはうなずいた。

「上の『ミレーユ』の部屋では、これからフレッドがあなたの替え玉として暮らすことになります。でも大公妃教育の授業を受けるのは身代わりというわけにはいきませんからね。上で入れ替わって、それから授業のある部屋まで行ってもらいます」

そんなふうに回りくどいことをする理由はわかっているので、ミレーユはこくりとうなずいた。オズワルドを支援《しえん》していた狂信派《きょうしんは》は行方《ゆくえ》をくらましたまま捕《つか》まっていない。何が起こるかわからない今、ミレーユの安全を図《はか》るための措置《そち》なのだ。

「上にはフレッドの他《ほか》に、エドゥアルト様とヴィルフリート殿下《でんか》も滞在されます。フレッドの周囲にいる女官たちも入れ替わりの事情を知っていますし、ここへ至る通路や階段の各所には第五師団の騎士を配置します。それと、この部屋にはあなたの傍付《そばづ》きとしてロジオンとアンジェリカを付けますから、何か困ったことがあったら彼らに言ってください」

リヒャルトの言葉に、背後に控《ひか》えていたロジオンとアンジェリカが黙礼する。二人が傍に付いてくれるのは心強いが、ふと気になってミレーユは訊いてみた。

「ルドヴィックさんは来ないの？　……ですか？　殿下」

あれほど妃の心構え云々《うんぬん》に釘《くぎ》を刺《さ》してきたのだから、てっきり彼も傍付きになってあれこれしごかれるのだろうと思っていたのだ。ついでに彼に注意された言葉遣《ことばづか》いのことも思い出して言い直すと、リヒャルトはちらりとフレッドと目を見交《みか》わし、首を振《ふ》った。

「ルドヴィックは大公付き侍従長《じじゅう》なので、俺の居館での仕事があります。あなたの生活には関《かん》与《よ》してきませんよ。それと、そんな堅苦《かたくる》しい呼び方は今はしなくてもいいんですよ」

「あ……そうなんだ。けどね、これからは言葉遣いに気をつけようと思って」

「混乱を招かない程度に気をつけてもらうのは嬉《うれ》しいですが、それであなたらしさを失うようなことになったら悲しいから。こういう場ではいつものあなたでいてください」

「じゃあ、シアランの人がいないところでは、リヒャルトって呼んでいいの？」

リヒャルトが微笑んでうなずく。ほっとしたような、拍子抜けしたような気分でミレーユが息をつくと、隣《となり》にいたフレッドに笑顔で肩を叩《たた》かれた。

「残念だったね、ミレーユ。ルドヴィックが見張ってるんじゃリヒャルトの寝室《しんしつ》に夜這《よば》いをかけるのは難しいよね！」

「かけないわよ、そんなものはっ」

「そうだよフレッド！　そしてこの部屋にリヒャルトが夜這いをかけるのも厳禁だからね！　わかっていると思うけどっ」

エドゥアルトがぎろっと鋭《するど》い視線を投げる。リヒャルトがたじろいだように口をつぐんだのを見て、ミレーユは首を傾《かし》げた。そういえば先日、父に結婚《けっこん》の許しをもらいにいった彼はどことなく暗い顔で帰ってきた。許しはもらえたそうだが、ならばなぜそんなに元気がないのかと訊ねても、なんでもないと目をそらして力なく笑うばかりだった。

「ちょっとパパ！　こんな紳士《しんし》な人がそんなことするわけないでしょ!?　なに考えてんのよ、まったく。ねえ、リヒャルト」

「はは……。ああ、そういえば、あなたに渡《わた》すものがありました」

庇《かば》ったつもりなのになぜか冴《さ》えない表情でリヒャルトは話を変えた。アンジェリカに指示して彼が持ってこさせたのは、一冊の大きな本だった。

「俺の両親が昔使っていた料理の本です。近くで空いている厨房《ちゅうぼう》を探しておきますから、時間がある時には使っても構わないですよ」

「使ってたって……、料理をしてらしたの？　あなたのお父さんとお母さん」

ミレーユは目を丸くした。──大公と大公妃《ひ》なのに？

リヒャルトは懐《なつ》かしげに本の表紙を見つめ、それからやや表情をあらためて続けた。

「物騒《ぶっそう》な話になりますが、怖《こわ》がらないでくださいね。シアランに限らず他国でも、毒殺を避《さ》けるために王族が自身で料理をしたことがあったらしいんです。一時期自分で食事を作っていたことがあったんですよ。父の場合は興味半分にやっていたようですが」

へえぇ、とミレーユは感心してうなった。そんなこともあるだなんて知らなかった。

「……って、いいの？　料理をしても？」

「ええ。手配しておきますから、食材は宮殿《きゅうでん》の菜園で分けてもらってください。さすがに城下で買い物というのは無理なので。でも出歩く時は必ずどちらかと同行してくださいね」

はいどうぞ、と料理本を渡しながら、彼は背後に控えた二人に目をやる。決められた宮殿の生活の中でも、できるだけ窮屈《きゅうくつ》な思いをしないように気を配ってくれる彼に、ミレーユは胸がいっぱいになった。

「ありがとう……！　あたし、頑張《がんば》ってちゃんと食べられるものを作るから！」

「楽しみにしてます」

微笑んでうなずいた彼に笑顔を返し、ミレーユはわくわくしながら早速《さっそく》本を開いた。

リヒャルトはそれを眺《なが》めていたが、はっとしたように横を見た。いつの間にか傍にいたエドゥアルトにがしっと肩《かた》をつかまれたのだ。ミレーユが料理本の中身に気を取られているのを見計らった彼の手により、リヒャルトは部屋の隅《すみ》へと素早《すばや》く連行された。

「リヒャルト……どういうことだい？　ミレーユといちゃいちゃするのは禁止だと言ったはずだけどねぇ？」

「エドゥアルト様……。あの程度の会話もいけませんか？」

「とぼけるんじゃない！　ミレーユと二人でウキウキ新婚お料理ごっこをするつもりなんだろう!?　そうはさせるかっ！」

カッと目を血走らせて詰《つ》め寄られ、リヒャルトは一瞬《いっしゅん》答えに窮《きゅう》し、諦《あきら》めまじりに言った。

「……駄目《だめ》ですか？」

「当たり前だっ！」

未来の舅の妨害《ぼうがい》工作は予想以上に厳しい。リヒャルトは深くため息をついた。

一方、当てがはずれて彼が落ち込んでいるのも知らず、フレッドと二人で料理本をめくっていたミレーユは、突然《とつぜん》けたたましく扉《とびら》が開いたので仰天《ぎょうてん》して顔をあげた。

「ここか、フレデリック！　ふははは、これを見ろ！」

騒々《そうぞう》しい高笑いとともに駆《か》け込んできたのは真っ白な狼《おおかみ》である。言わずもがな、着ぐるみの中から顔をのぞかせているのはヴィルフリート王子だ。イルゼオン離宮《りきゅう》に残っていた彼は、リヒャルトが宮殿を取り戻《もど》した後に招待されて先頃到着《さきごろとうちゃく》したそうだが、その道中あちこち寄り道をして珍品奇品《ちんぴんきひん》を手に入れたと聞いている。そして当分はベルンハルト伯爵《はくしゃく》、つまりフレッドの身代わりとして彼もシアランに滞在してくれるのだという。

「む、これは失礼した。ミレーユの部屋だったな。入ってもいいだろうか？」

ぽかんと口を開けているミレーユに気づいたらしく、ヴィルフリートはふとあらたまったように申し出た。やりたい放題に見えて、女性に対しては紳士的な王子様なのである。

「もちろんです。あの、お久しぶりですね、ヴィルフリートさま」

「うむ。ちょうどよかった、きみにも見せてやろう。存分に愛《め》でていいぞ」

彼は勝ち誇《ほこ》ったような顔をしてずんずん入ってくると、並んで座る二人に見せつけるように腰《こし》に手を当てた。

「すごいだろう、白い狼だぞ。北の大陸の、さらに北方に棲《す》むらしい。先日商人から白狼《はくろう》を模した置物を買ってな。あまりの神秘さに感動して記念に作らせたのだ。いいだろう？」

賞賛が浴びせられるのを待っているのか、ヴィルフリートはわくわくしたように二人を見比べる。相変わらず我が道をゆく王子の自信満々ぶりにミレーユは面食《めんく》らったが、隣にいたフレッドは真面目《まじめ》な顔になって着ぐるみを見つめた。

「殿下……素晴《すば》らしい狼っぷりですね。純白の狼なんて見たことがない。雪の女王の使いか何かでしょうか。美しい……」

「ふん。そこまで言うなら、あとで貸してやってもいいぞ」

（なんか、意気投合してる……）

と、変人二人の美的感覚が理解できずにいるところへ、またしても騒々しい足音が近づいてきた。

「ちょっとあんた、またそんなアホな恰好《かっこう》でうろついて！　自分がアホだってことを言いふらすような真似《まね》してどうすんのよっ」

　目をつり上げて飛び込んできたのはルーディだった。訊《き》くところによるとヴィルフリートのお目付役をリヒャルトから任されているらしいが、この様子ではだいぶ手を焼いているようである。シアランでは各種買い物に勤《いそ》しむつもりだったらしい自称《じしょう》魔女の目つきは荒《すさ》んでいた。

「無礼者！　誰《だれ》に向かってアホだと言っている！」

「そこの白い馬鹿《ばか》以外にいるわけないだろうがっ！　ちょっとリヒャルト、早くこの馬鹿王子からわたしを解放してよ。もうガキのお守《も》りはうんざりだわ。もし何かあったら国王にぶっ殺されると思うと気が気じゃないんだから」

「何を言っている。父上がそんなことをなさるはずがないだろう」

「あんたはあのタヌキ親父《おやじ》に騙《だま》されてんのよっ！」

　かみつくようにルーディががなるのを、戻ってきたリヒャルトが「まあまあ」となだめる。

　そこで初めてミレーユは彼が父と何やら密談していたらしいことに気づいた。

（なに話してたんだろ……？）

　首をひねっていると、テーブルに広げていた料理本に目を留めたヴィルフリートが訝《いぶか》しげにのぞきこんできた。

「なんだこれは。フレデリック、おまえの本か？」

「やだな殿下、違《ちが》いますよ。これはリヒャルトがミレーユに贈《おく》った料理本です。これからミレーユはお妃修業《きさきしゅぎょう》の鬱憤《うっぷん》晴らしに毎晩料理をするわけですよ。ね？」

フレッドは歌うように言うと、ミレーユの鼻先をちょんと突《つ》いた。

「ぼくもつきあってあげるからね。一人でやらせて厨房が爆発《ばくはつ》しちゃったら大変だもんね」

「失礼ね、爆発したのはパンの時だけでしょ！　もうパンは作らないから大丈夫《だいじょうぶ》よ」

「パン……ああ、かつてきみが造った伝説の兵器のアレか。懐かしいな！」

「え……今さりげなくグサッとくること言われた気がしたんですけど、ヴィルフリートさま」

ミレーユの突っ込みは聞こえなかったらしく、考え込んでいた王子はふと顔をあげた。

「では商人から聞いた異国の料理はどうだ？　小麦粉を練って作れるものがあるそうだぞ」

「そんなの知ってらっしゃるんですか。すごいですね」

「ふっ。まあな。どこぞの馬鹿のように女装にいそしんでばかりの暇人《ひまじん》と違って、いろいろと見聞《けんぶん》しているのだ」

「その女装馬鹿も、白い毛皮着た馬鹿には言われたくないでしょうよ」

冷ややかに口を挟《はさ》むルーディの横で、リヒャルトが苦笑《くしょう》する。ミレーユは笑顔《えがお》で彼を見た。

「リヒャルトも一緒《いっしょ》にやるでしょ？」

当然のように要求すると、彼は驚《おどろ》いたように一瞬《いっしゅん》目を見開いた。が、彼が何か答えるよりも早く、押しのけるようにしてエドゥアルトが前へ出てきた。

「ミレーユ！　リヒャルトは大公の仕事が忙《いそが》しいから、付き合うのは無理だそうだよ」

「えっ……、そうなの？」

「あ……」

怯《ひる》んだような顔をして返答に困っているふうだった彼は、やがて苦悩《くのう》の顔つきになると、声を押しだした。

「すみません、ミレーユ……」

「はっはっは、仕方がないよ、仕事なんだからね。代わりにパパが付き合ってあげよう！」

やけに嬉《うれ》しそうにエドゥアルトが笑顔で胸を張る。ミレーユは内心がっかりしたが、すぐに気持ちを切り替《か》えた。大公という多忙《たぼう》な人なのだから時間が取れないのは仕方ない。

「わかったわ。じゃあリヒャルトの分も作っておくから、夜食に食べてね！」

「リヒャルト、ぼくも愛をこめて作るからね！」

「僕も付き合ってやるから心配するな。任せておけ、大公！」

「ボケッ！　なんつう口の利《き》き方してんのっ。この人あんたよりエライのよ！」

きゃっきゃと楽しげに抱負《ほうふ》を述べる一同に、リヒャルトはそっとため息をつく。しかしここを乗り越えなければ結婚《けっこん》の許しはもらえないのだ。今はただ、堪《た》え忍《しの》ぶ時なのである。

「可哀相《かわいそう》に……。舅《しゅうと》に目の敵《かたき》にされてる上に小姑《こじゅうと》が二人も居候《いそうろう》なんて……」

同情したようなルーディのつぶやきに、リヒャルトは力なく肩を落としたのだった。

その後ミレーユは、リヒャルトとロジオンと連れだって上階へと向かった。早速これから妃教育の授業が行われるのである。

階段の上がり口まで来た時、ぱっと暗がりから誰かが飛び出してきた。

「あっ、アニキ！　これからお勤めっすか。お疲《つか》れ様です！」

嬉しげに頰《ほお》をそめているのは一番弟子《でし》のテオだ。一緒にいる数人の舎弟《しやてい》たちともども、この場所の警備担当らしい。彼は隣《となり》にいるリヒャルトを胡乱《うろん》げに見やった。

「アニキ、なんすか、この優男《やさおとこ》は？」

「馬鹿っ！　大公殿下《でんか》に向かってなんてこと言うの！」

ミレーユが叫《さけ》んだのとロジオンが眼光鋭《するど》く剣《けん》の柄《つか》を鳴らしたのは同時だった。テオは初めて気づいたという顔でリヒャルトを見つめ、ぱっと頰を上気させた。

「じゃあ、こちらがアニキのイイ人でいらっしゃるんですか！　失礼しました、兄さん！」

勢いよく頭をさげたテオに倣《なら》い、舎弟たちも従う。以前も会ったはずなのに大公の顔を認識《にんしき》していないらしいテオに、ミレーユは思わず目眩《めまい》を覚えたが、リヒャルトのほうは苦笑しただけだった。

お気を付けてー！　と暑苦しく見送る彼らに別れを告げ、三人は階段を上へと向かった。

「ごめんね……びっくりしたでしょ？」

「ええ、まあ。でもなんだか少し羨《うらや》ましいですよ、仲がよさそうで。彼らならここの警備を安心して任せられそうですね」

「まあね……相変わらず女扱《あつか》いはされないけど。ドレス着てるのに……」

それでも、素《す》の自分を出すことができる相手が傍《そば》にいてくれるのは幸せなことだし心強い。

上階は『ミレーユ』の住む棟《むね》と、エドゥアルト、ヴィルフリートが住む棟が渡《わた》り廊下《ろうか》でつながれている。そのさらに先に行かなければ他《ほか》の建物に続く回廊は見えてこない。授業を受ける教室は『ミレーユ』の館《やかた》にあるため、基本的にはこの館の中だけが生活圏《けん》になる。

ミレーユ付きの女官長であるメルディ夫人に案内されて教室に向かうと、護衛のロジオンを外に待たせて中に入った。途端《とたん》、待ち受けていた教育係と目が合ったミレーユは足を止めた。

そこにいたのは、騎士《きし》団の濃紺《のうこん》の制服を着た二人の男性だった。

「ミレーユ様、こちらは担当教師のラウール・ブルック卿《きょう》と、助手のアレックス・ウォルター卿ですわ」

優《やさ》しい声で紹介《しょうかい》してくれたメルディ夫人に応じるように、恐ろしく冷え冷えとした声で彼が口を開く。

「――よろしくお願いします。ミレーユ様」

やけに丁寧《ていねい》に挨拶《あいさつ》した懐《なつ》かしの指導官に、ミレーユは顔を引きつらせた。

第五師団でしごかれていた時の容赦《ようしゃ》のなさぶりと、性別を偽《いつわ》りずっと騙していたこと、「一番ショック受けてたんじゃ」というアレックスの言葉などが次々に蘇《よみがえ》る。

(こっ、殺される……っ！　なんでよりによってラウール先輩《せんぱい》が家庭教師なのよ――!?)

「第五師団長からとても優秀《ゆうしゅう》だと推薦《すいせん》を受けたので頼《たの》んだんですよ。それにあなたとも親しいと聞いたし……どうかしましたか？」

リヒャルトに不思議そうに見つめられ、固まっていたミレーユは急いで首を振《ふ》った。もしここでラウールが例の嫌味《いやみ》の嵐《あらし》を発動すれば、自分が身を挺《てい》してリヒャルトを守らなければならないのだ。怯《おび》えている場合ではない。

が、身構えるミレーユには見向きもせず、ラウールはまっすぐに大公を見つめて言った。

「抜擢《ばってき》くださった殿下のお気持ちに全力で報《むく》いたいと思っております。妃殿下《ひでんか》のご教育には私の持てる力すべてを注ぎ込んで努めるつもりです。文字通り、命をかけて」

いつにない静かな情熱あふれる眼差《まなざ》しと言葉に、メルディ夫人は「素晴《すば》らしいご決意ですわ」と頬を染めている。リヒャルトの了解《りょうかい》を得て教材の準備に取りかかった彼を、ミレーユは気を削《そ》がれて見つめた。

（あれ……絶対嫌味攻撃《こうげき》が来ると思ったのに。こんなまともな人だったったっけ……？）

内心で失礼なことを思いつつ首を傾《かし》げる。超絶《ちょうぜつ》厳しくて嫌味ばかり言う人だと思っていたが、実は熱い人だった――のだろうか？

「じゃあ、ミレーユ。公務があるのでもう行かないといけませんが――無理しない程度にやってくださいね。頑張《がんば》ったら、あとでご褒美《ほうび》を用意してますから」

軽く頭を撫《な》でられ、ミレーユは目を瞠《みは》って見上げた。

「ご褒美って？」

「まあ、ちょっとしたおやつですよ。あとでメルディ夫人が出してくれます」

傍《かたわ》に控《ひか》えた夫人がにこやかにうなずく。ミレーユは頬を上気させた。

「ほんと？　どんなおやつ？　なんかすごくやる気が出てきたわ！」

「それはあとのお楽しみ。でも授業の前に、一つだけ」

言うなり彼はミレーユの口に何か放り込んだ。広がる甘酸《あまず》っぱい味に思わず頬を押さえると、リヒャルトはミレーユの手に自分の手を重ねて微笑《ほほえ》んだ。

「勉強が捗《はかど》るおまじないです」

バキッ！　とラウールの手の中でペンが折れた。それでも顔には出さずに無言で新しいペンを用意する彼を、アレックスが戦々恐々《せんせんきょうきょう》として見ている。

やがてリヒャルトと夫人が退室していき、室内は静まりかえった。状況《じょうきょう》を思い出したミレーユはおそるおそる口を開いた。

「あの――……。先輩、怒《おこ》ってますよね。女だってこと黙《だま》ってたの……」

「……」

「騙《だま》しててすみません。でもあの時は、どうしても騎士団に残りたくて、その……」

ラウールは黙っている。こんな謝罪と言い訳くらいでは許してくれないのだろうかとミレーユが口ごもると、彼は軽く息をつき、むすりとしたまま言った。

「……怒ってはいない。己《おのれ》の洞察力《どうさつ》のなさに失望し、間抜《まぬ》けさにうちひしがれはしたがな」

「でも副長以外全員気づいてなかったっていうし、そんなに落ち込まなくてもいいんじゃ」

励《はげ》ますつもりで言ったが、ぎろりと凄《すさ》まじい目つきでにらまれた。やっぱりかなり気にしているらしい。

「それはもういい。とにかく座れ。俺はこの好機を死んでも逃《のが》したくないんだ」

目の前の席を示され、ミレーユは急いで座った。先生はどうやらかなり気合いが入っている様子である。

「俺はこれまで、シアラン人でないというだけで第五師団という辺境の地に追いやられ出世の道を断《た》たれていた。理不尽《りふじん》だが従うしかなかった。そういう政策をとるやつが上にいたからな」

え？　と瞬《またた》くと、アレックスが代わりに解説してくれた。

「まあ、そういうこと。純血主義のお偉《えら》いさんのせいで、シアラン人以外の廷臣は冷遇《れいぐう》される傾向《けいこう》にあったんだよ。第五師団が出来たのもその一環《いっかん》だし」

理不尽なくらい厳しい仕事の鬼《おに》だとばかり思っていたラウールだが、彼なりに苦労をしてきたらしい。少しだけ、彼に対する印象があらたまる。

「そっか。先輩も苦労したんですね……。でも辺境の地って、ちょっとひどいんじゃ」

黙って聞け、とラウールは一《ひと》にらみすると、厳《いか》めしい顔つきで続けた。

「だが新大公になって流れが変わった。能力さえあれば出身地ごときで冷遇されることはなくなった、つまり俺にも出世の道が開けた！　おまえの教育係はその足がかりだ。俺はおまえを踏《ふ》み台にしてさらに上を目指す」

「ちょっと、先輩。一応この人、大公妃《ひ》になる人ですよ。踏み台呼ばわりはまずいですって」

アレックスが慌《あわ》てて口をはさんだが、ラウールの決意は岩よりも硬《かた》いようだ。よほど今まで鬱屈《うっくつ》したものがあったのだろう。

「いいや、踏み台で充分《じゅうぶん》だ。俺は大公妃教育係程度で終わるつもりはない。だがもちろんこの仕事に手を抜《ぬ》くつもりもない。大公妃として必要なあらゆる教養をおまえにたたきこみ、このボンクラな小娘《こむすめ》を一流にすることで俺の能力を宮廷中《きゅうてい》に思い知らせてやる」

「ボン……!?」

「わかったな、ミシェル。王族の娘だからといって俺は容赦しない。授業中は一切《いっさい》泣き言禁止だ。そして目標はただ一つ、完璧《かんぺき》な大公妃になること。それだけだ」

ミレーユは呑《の》まれたように彼を凝視《ぎょうし》していた。こんなにも熱い人だったなんて知らなかった。ラウールのあの厳しさは上を目指すがゆえの完璧主義から来ていたのだろうか。出世のためという目的を隠《かく》しもせずに宣言するところも逆に清々《すがすが》しい。ボンクラ発言は少々気になるが。

(でも目的があるぶん、先輩はきっと本気でやってくれる。理由や事情は違《ちが》ってても、あたしと目指すところは一緒《いっしょ》だわ。そう、目標は立派な大公妃……!)

「わかりました……! 一緒に頑張りましょうね、先輩!」

なぜだろう、今なら少し彼を好きになれそうな気がする。彼の秘《ひ》めた熱さに感動してミレーユはぐっと拳《こぶし》を握《にぎ》ったが、対面のラウールはひくっと頰を引きつらせた。

「頑張るのはおまえだけだ。俺を道連れにするな!」

「——え」

「おまえの馬鹿《ばか》さ加減は、書記官室にいた頃《ころ》からしてある程度はわかっているつもりだ。だがおまえは悪い意味で未知数だ。おそらく俺の思う数倍は馬鹿だろう。大げさでなく、死ぬ気で励まなければその馬鹿は直らん。俺はおまえと仲良しごっこをするつもりはない！」

「ちょっと、何回馬鹿って言うんですか！　ていうか殿下がいた時と態度違いすぎない!?」

「当たり前だろうが！　おまえ相手に敬意を表するなんぞ死んでもやるか！」

「敬意とかそういう程度の言われようじゃないんですけど！」

やっぱり「好きになれそう」は撤回《てっかい》だ。

憤然《ふんぜん》と抗議《こうぎ》するミレーユを無視して、ラウールは机に掛《か》けていた布をめくった。現れたのは積み上げられた本の山だった。二十冊ほどの山が四つ並んでいる。

「とりあえず、これを全部暗記しろ。西大陸各国の正史書と有名どころの文学作品、詩集、哲《てつ》学《がく》書、それから芸術理学法学の解説書だ。どれも基礎《きそ》中の基礎、知らなかったら頭がおかしいと思われるくらいの代物《しろもの》だが、もちろんおまえは知らんだろうな」

ミレーユはぽかんとしてその山を見上げた。

「なにこれ……向こう一年分？」

「今日一日分だ」

「はあ!?」

ミレーユは目をむいた。その発言のほうがよっぽど「頭がおかしい」ように思うのだが。

「無理に決まってるでしょー！　一冊だって読めるかどうかわかんないのにっ！」

「泣き言禁止だと言っただろうが。やれと言ったらやれ」

「難しい本を見ると眠《ねむ》くなる体質なんです！　体質は気合いだけじゃ補えない！」

「とにかくやれ！　俺の出世のためだ!!」

「あたしの未来のためでしょ!?」

堂々と主張するラウールにさすがに抗議すると、アレックスが呆《あき》れたように割り込んだ。

「二人とも落ち着いて！　誰《だれ》かのためっていうか、シアランのためじゃないんですか？」

はっとミレーユは我に返る。大公の妻になるということは、つまり国の顔になるということでもあるのだ。「できない」では済まされない。できなければ、それがシアランや大公であるリヒャルトの恥《はじ》になってしまう——。

「——まあいい。こんなことだろうと思ったんでな。最初はとりあえずおまえの学力を見る。話はそれからだ」

むすりとしたままラウールが傍《かたわ》らから数枚の書類を取り出し、ミレーユの前に置いた。

「学力試験だ。時間は一時間。用意」

「試験!?　そんな、勉強もしてないのに——」

「はじめ」

聞く耳もたずという顔でラウールが宣言し、ミレーユは慌てふためきながら書類に目をやった。アレックスが差し出すペンを受け取り、問題に目を通す。

（あれ……意外と結構知ってることばっかりだわ。教養ってこんな感じなのね。わかんないやつは全然わかんないけど……）

初等学校以来のことに悪戦苦闘《あくせんくとう》するうち、時間は飛ぶように過ぎてしまった。半分も解けないまま刻限になり、未完成の答案用紙は有無《うむ》を言わさず回収されていった。

机の対面に座り、ラウールが顔をしかめて採点をしていく。やがてその表情が徐々《じょじょ》にこわばり始め、みるみる青ざめてきた。しまいには彼は脂汗《あぶらあせ》を流さんばかりに動揺《どうよう》した顔で答案用紙を凝視したまま動かなくなった。

「……絶望的だ……」

もれたうめき声に、え？と目を見開くと、ラウールはがくりと机に肘《ひじ》をつき、震《ふる》える指で自分の額を押さえた。

「シアランは……終わりだ……」

「そんなに⁉」

これほどうちのめされている彼は見たことがない。のぞきこんだアレックスまでもが「いけないものを見てしまった」という顔で目をそらしたのを見ると相当な出来映《できば》えだったようだ。

「よ……よし、わかった。俺はおまえのことを甘く見過ぎていたようだ。方針を変える」

動揺を振《ふ》り払《はら》うようにラウールが立ち上がる。傍らにあった大きな鞄《かばん》から分厚い書類の束を取り出した彼は、どさりとそれをミレーユの前に置いた。

「とりあえず、次までにこれを解いてこい」

「――へ？」

「大丈夫《だいじょうぶ》だ、答えは全部この中にある。調べればすぐ答案は埋《う》まる」

と言って彼は机に積まれた数十冊の本の山を指さす。目の前の書類はゆうに百枚以上はあるしで、ミレーユは目をむいて立ち上がった。

「さっきと全然方針変わってないじゃないですか⁉」

「想像以上に馬鹿だったんだ、より厳しくやるに決まってるだろうが！　次の授業までにやれなかったらこの倍にしてやるからな！」

「な……」

授業だけでなく大量の宿題までもらってしまい、ミレーユはくらりと目眩《めまい》を覚えた。

——大公妃への道は、つらく険しい茨《いばら》の道のようである。


翌日ミレーユは、宿題を片付けるための資料を探しにリヒャルトの個人書庫へと向かった。

宮殿《きゅうでん》の各地に点在する彼の個人書庫は、もとは少年時代の勉強部屋だったところだ。この大城館の書庫はミレーユの部屋からは少し遠いが、いつでも使って構わないからと合い鍵《かぎ》を渡《わた》されていた。

「ねえ、ロジオン。本当はリヒャルトが大公様になったら傍付《そばづ》きに戻《もど》るはずだったんでしょ？　なのにあたしの護衛になってもらって、ごめんね」

人気《ひとけ》のない回廊《かいろう》を歩きながら、ミレーユはおずおずと切り出した。

ロジオンが第五師団にいたのはあくまで潜入捜査《せんにゅうそうさ》のためで、正式に配属されていたわけではない。リヒャルトへの忠誠厚いことを知っているだけに申し訳なく思っていると、少し先を歩く彼は振り向いた。

「若君の奥方様の専属護衛となれば、よほど信を置かれた者しか任命されません。選ばれたことは光栄の極《きわ》みです」

「そう？　でもどうしても戻りたかったら言ってね、あたしからリヒャルトに……、わ、わかったわよ、よろしくお願いね」

ぎろっと鋭《するど》い目を向けられ、ミレーユは慌てて言い直した。眼力で脅《おど》すところは前と変わっていないようだ。

「ご安心ください。ミレーユ様の護衛を任されるにあたり各種武器も新調いたしております」

「いや、そういう心配はしてないんだけど。――でも、ロジオンから『ミレーユ様』なんて呼ばれると、ほんとにお妃修業《きさきしゅぎょう》が始まったんだなぁって思っちゃうわねー」

騎士《きし》団に潜入していた頃は偽名《ぎめい》の『ミシェル』と呼ばれていた。完全に『ミレーユ』に戻ったのだと思うと不思議な感慨《かんがい》がある。

寡黙《かもく》なロジオンはその言葉にも黙《だま》ってうなずいただけだったが、ふいに鋭く足を止めた。

「ん？　どうかした、の……」

不思議に思って彼の視線を追ったミレーユは、前方を数人の人影《ひとかげ》がふさいでいるのに気づいて息を呑んだ。急いで背後を見やれば、こちらも同じく人影がいくつも立ちはだかっている。

(何事……!?)

偶然《ぐうぜん》か必然か、ちょうどこのあたりは次の建物との連絡《れんらく》通路になっていて、狭《せま》い廊下《ろうか》には他《ほか》に逃《に》げる場所がない。ゆっくりと距離《きょり》を詰《つ》めてくる人影を見やり、ロジオンがミレーユを背に庇《かば》った。

「――ベルンハルト公爵令嬢《こうしゃくれいじょう》、ミレーユ様でいらっしゃいますね」

前方から聞こえてきたのは意外にも落ち着いた女性の声だった。よく見ればショールを羽織った貴婦人のようである。わけがわからず、ミレーユは警戒《けいかい》しながら口を開いた。

「そうですけど、どちらさまですか？」

「太后《たいごう》殿下マージョリー様の使いでございます。ミレーユ様、わたくしどもと一緒においでくださいませ」

「……太后殿下？」

先頃《さきごろ》亡命先のリゼランド王国から帰国したという、リヒャルトの祖母にあたる人だ。だが面識はないし、こんなふうに突然《とつぜん》招待を受ける心当たりもない。第一、彼女らが本当に太后の使いかどうかもあやしいところだ。

「ミレーユ様、ご安心を。新作武器にて撃退《げきたい》の後《のち》、突破《とっぱ》いたします」

眼光鋭く彼女らをにらみながらロジオンが懐《ふところ》から武器を取り出す。棘《とげ》のたくさんついた棒や球状の金具がじゃらじゃらとついた鞭《むち》のようなものが次々に出てきてミレーユは目をむいた。

「ちょっと待って！　なんかそれすごく痛そうよ!?」

「は。悪党に対する武器ですので」

「けど女の人だし……もうちょっと話聞いてからでもいいんじゃ」

「非道な敵ほど、そうは見えない風体《ふうてい》をしているものです。か弱きご婦人に扮《ふん》して妃殿下《ひでんか》を拐《かどわ》かそうとは卑劣《ひれつ》きわまりない。ただちにこの刃《やいば》の錆《さび》にしてご覧に入れます」

「だから待ってってばっ！」

すでに戦闘《せんとう》態勢に入っているロジオンをミレーユは必死に止める。単に新作の武器を使いただけではとちらりと思った時、前方から別の声が割り込んだ。

「ご無礼をお許し下さいませ、ミレーユ様。どうかお話を聞いていただきたく存じます」

人影が左右に分かれ、奥から一人の初老の貴婦人が進み出てくる。ぴんと背筋の伸《の》びた、いかにも厳格そうな雰囲気《ふんいき》を持つ彼女をミレーユは驚《おどろ》いて見つめた。

「クライド夫人……」

昨日のうちにリヒャルトから紹介《しょうかい》された、宮廷《きゅうてい》作法の教師だ。そういえば彼女は太后の女官だと聞いている。

（つまり、これってほんとに太后殿下のご招待ってこと？）

「このようなお出迎《でむか》えをしてしまいまして、申し訳ございません。差し迫《せま》って太后殿下よりミレーユ様にお話がございます。それもきわめて内密な——それゆえにこうして密《ひそ》かにお迎《むか》えに参りました」

「お話……ですか。それはどういう？」

内容に見当がつかず訝《いぶか》しげに訊《たず》ねると、クライド夫人はにこりともせずに答えた。

「――大公家を揺《ゆ》るがす大事になりかねないお話でございます」

宮殿の中枢《ちゅうすう》である大城館は、大公家の者たちの住む館《やかた》や政庁、軍の機関など無数の建物が渡り廊下でつながれてできている。太后マージョリーの館もその一郭《いっかく》にあった。

結局ミレーユは招待を受け、女官たちに案内されてここへやってきたのだった。マージョリーの真意はわからないもののクライド夫人が現れたことで彼女らの身元は証明されたし、とすると招待に応じないわけにはいかない。それに太后の部屋の位置はかつて宮殿の見取り図を調べた時に頭に入れていたので、もし何かあったら逃げ出せる自信があった。

(それに、あのままだと本気でロジオンは武器を使いそうだったし……)

太后付き女官に怪我《けが》でもさせたら事《こと》である。それでとりあえず話に応じることにしたのだ。

女性所帯ということでロジオンは別室に待たされている。一人でどきどきしながら座っていると、音もなく部屋の扉《とびら》が開いた。

「太后殿下のおなりでございます」

年配の女官たちがしずしずと入ってくる。その背後、深い菫色《すみれいろ》のドレスに銀のショールを羽織った貴婦人を認め、ミレーユは急いで立ち上がった。

(この方が、太后殿下……。リヒャルトのお祖母《ばあ》さま……)

ふっくらとした頬《ほお》や丸みを感じさせる体つきは優《やさ》しげで、それでいてどっしりとした落ち着きと品位を感じる。白いものの混じった薄茶《うすちゃ》の髪《かみ》もやわらかい印象で、七十歳を過ぎていると は思えない若々しさだ。想像していたよりは親しみやすい感じがしたが、隣国《りんごく》ロデルラント王家の出という高貴な雰囲気は確実ににじみ出ている。

「まあ。こちらがミレーユ？　可愛《かわい》らしいのね」

笑顔《えがお》を向けられ、ミレーユは緊張《きんちょう》でかちこちになりながらお辞儀《じぎ》した。

「はじめまして、太后殿下。ミレーユ・ベルンハルトです」

「ええ、よろしくね。そんなに硬《かた》くならなくてよろしいのよ。ほほほ」

着席を促《うなが》され、細心の注意を払って腰掛《こしか》ける。何かへまをすればリヒャルトに恥《はじ》をかかせることになるのだ。この場はせめてうわべだけでも淑女《しゅくじょ》な演技をして乗り切らなければ。

「ごめんなさい、こんなふうに呼び立てて。あなたと一刻も早くお話がしたかったものだから」

「いいえ……構いません。わたしも太后殿下にご挨拶《あいさつ》が遅《おく》れて、心苦しく思っていました」

なんとか丁寧《ていねい》な言葉遣《ことばづか》いで慎重《しんちょう》に答えると、マージョリーは嬉《うれ》しげに笑った。手押し車に載《の》った巨大《きょだい》なクリームケーキが運ばれてくるのを目を細めて見やり、彼女は続けた。

「――ねえミレーユ。大公妃《ひ》というのは意外と体力勝負なの。そういう意味では、純粋《じゅんすい》な深窓の姫《ひめ》では逆に務まらないこともあるのよ。あなたは伸び伸び育った方だと聞いているし、その点では安心なのだけれど……。どうかしら？　花嫁《はなよめ》修業にはついていけそう？」

「そうですね……まだ始まったばかりでよくわかりませんが、でも、体力には自信がありますので、大丈夫《だいじょうぶ》かと思います」

といぅか体力にしか自信がないのだが、さすがにそこまで正直に言うのはやめておいた。

「それは頼《たの》もしいわ。妃は健康が一番よ。世継《よつ》ぎを産む人なのだもの。そうそう、閨房《けいぼう》学のほうはどうなっているの？　代々閨房学を教える一族が今シアランにはいないと聞いたけれど」

一瞬《いっしゅん》なんのことかとミレーユは首をひねったが、要するにルドヴィックの言っていた『夜のお務め』の授業だろう。そういえばその件については何も聞いていなかった。

「時間割には入っていませんでした……。でも、自習はしています」

「あらあら。そんなことだろうと思ったわ。それで考えたのだけれど、一番近くに教わったのはアリスでしょう。彼女ならあらゆる知識を教えてくれるはずですよ。紹介状を書いてあげるから、ミレーユ、彼女に教えていただきなさい」

アリスという名には覚えがある。リヒャルトの祖父の夫人で、七代大公を名乗っていたオズワルドの正妃だった人だ。ごく最近まで大公妃という椅子《いす》に座っていた人に直接いろいろ指南してもらえるのはありがたい。ミレーユはこくりとうなずいた。

「はい。そういたします」

「ほほほ。素直《すなお》でよいお返事ね。こんなに可愛い嫁《よめ》をエセルはなぜわたくしに紹介してくれないのかしら。やっぱり——あれが原因かしら？」

宝石をあしらった扇子《せんす》を開いて優雅《ゆうが》に口元を隠《かく》しながら笑ったマージョリーを、ミレーユは戸惑《とまど》って見つめた。一瞬、彼女の琥珀色《こはくいろ》の瞳《ひとみ》があやしく光ったように見えた。

「あなた——その髪は付け毛ね？」

おっとりとした声での指摘《してき》に、ミレーユはどきりとして髪に手をやった。地毛に合わせ、まとめて結《ゆ》い上げた髪は言われた通り付け毛だ。どうして知られているのだろうと思うと同時に、冷や汗《あせ》が噴《ふ》き出した。

シアランでは女性の短髪《たんぱつ》は御法度《ごはっと》だというのに、よりによってそれを太后という身分の高い人に気づかれてしまうなんて、非常にまずい事態だ。マージョリーは微笑《ほほえ》んだままじっとミレーユを見つめており、周囲の婦人たちも見透《みす》かすかのような目をして注視している。

「そうなのね？　ミレーユ」

含《ふく》めるように再度訊ねる声は、明らかに確信を持っている。下手にごまかせば逆に怒《いか》りを買いそうだ。ミレーユは覚悟《かくご》を決めて拳《こぶし》を握《にぎ》った。

「……はい。お察しのとおりです、太后殿下」

一瞬部屋の空気が揺れ、婦人たちが意味ありげに目を見交《みか》わすのがわかった。その反応に内心怯《ひる》みながらもミレーユは顔をあげて続けた。

「シアランでは女性の短髪はありえないことだというのは知っています。このことで不愉快《ふゆかい》な思いをなさったかもしれません。でもわたしが髪を切ったのは、大切な人のためにやったことです。後悔《こうかい》していませんし、恥《は》じるようなことではないと思います」

こんな言い分は、ひょっとしたらシアランでは通じないのかもしれない。だがごまかしが利《き》かない以上、正直に言うしかなかった。

マージョリーはじっとこちらを見つめている。その瞳が再び鋭《するど》く光った。

彼女は扇子で口を隠したまま勝ち誇《ほこ》ったように笑った。

「ほほほ……。エレミア。今の言葉、聞いたわね」

「はい。太后殿下《たいごう》」

「付け毛ということはつまり、それをはずせば短髪のかつらを着ける必要もなく、素材のまま男装少女が楽しめるということね？」

「さようでございます。太后殿下」

「だ……男装少女？」

嬉しげなマージョリーと動じることなく答えるクライド夫人に、ミレーユは面食《めんく》らった。よく見れば周囲の他の婦人たちもどことなく目を輝《かがや》かせている。

「ねえミレーユ。あなた、リゼランドの出身ならご存じでしょう？　女王陛下の宮廷劇団を」

ふいにマージョリーは身を乗り出してきた。夢見るような瞳とその表情は、まるで十代の少女に戻《もど》ったかのように生き生きとしている。

「わたくし、リゼランドに亡命していたでしょう？　その折に宮廷劇団の公演を目にする機会がたくさんあったの。女王陛下が演じられる男性像は素晴《すば》らしかったわ。各公演の絵姿も全部集めたくらいよ！　倒錯《とうさく》的であり、禁忌《きんき》のようなあやうい魅力《みりょく》もあり、胸を焦《こ》がすときめきもあり……。ああ、男装少女って本当に素敵ね。わたくしね、すっかりはまってしまったのよ」

「はあ……」

瞳をきらきらさせるマージョリーと周囲で頬を染めて思い出の世界に浸《ひた》っている様子の婦人

たちに、ミレーユはたじろぎながらうなずいた。リゼランド女王が男装の麗人《れいじん》であることも、多くの女性たちを夢中にさせていることも知っているが、まさかこんなところにも信奉者《しんぽう》がいたとは――。

（女王陛下、おそるべし……！）

この調子で各国の女性たちを虜《とりこ》にしていけば、それこそ大陸制覇《せいは》も夢ではないのではとすら思えてくる。それにマージョリーのこのノリは、間違《まちが》いなくエルミアーナやセシリアの祖母だと思わせる乙女《おとめ》ぶりだ。血は争えないということか。

「シアランへ帰国するようエセルから使者が来た時は、それはもう複雑だったわ。故国にようやく戻れるのは嬉しいけれど、宮廷劇団の公演を観《み》られなくなるのが寂《さび》しくて……。シアランでも男装少女を愛《め》でたいとそればかり考えながら帰ってきたら、あなた、逸材《いつざい》がいるというじゃないの。それも孫の嫁になる女の子！　それでぜひ協力していただこうと思ったの」

にこにこしながら見つめられ、ふと嫌《いや》な予感を覚える。

「……ええと、それは、つまり……？」

「男装して、わたくしたちに愛でさせてちょうだい」

堂々と笑顔で要求され、ミレーユは思わず固まった。

てっきり短髪であることを非難されるのだとばかり思っていたのに――逆に受け入れられているようなのはよかったと言うべきだろうが、大公の許嫁《いいなずけ》的にはこれはどうなのだろう。

「まあ……。浮《う》かないお顔ね。もしかして嫌なのかしら。太后たるわたくしのお願いは聞けないかしら？　孫の嫁なのに？」

迷っているのがわかったのかマージョリーは急に不機嫌《ふきげん》になった。見れば他の婦人たちもどことなく不満げに見ている。それまでの優《やさ》しい顔からの変貌《へんぼう》ぶりにミレーユはたじろいだ。

(う……。別に男装には慣れてるし、親しくなれる好機だけど、でも……)

無言の圧力を感じて若干《じゃっかん》おびえつつも、ミレーユは考えた末に顔をあげた。

「お話はわかりました。楽しそうなお話なのでぜひ参加させていただきたいと思いますが、大公殿下《でんか》のお許しをもらってからでもいいでしょうか？」

「あらあら……。わたくしよりもエセルの意見を優先するということ？」

「……知らないところでわたしが独断で動くと、殿下が心配なさいます」

マージョリーは、じっと見つめてきた。機嫌を損ねただろうか――と額《そこ》に汗が浮かんだ時、彼女はふいににっこりと笑った。

「よくってよ。合格点をあげましょう」

「……え？」

先程《さきほど》までと同じ優しい顔に戻り、彼女は優雅に扇子を煽《あお》ぎながらうなずいた。

「まず一番に誰《だれ》を立てるべきか、あなたはちゃんと心得ているようね。わたくしの機嫌を取るために大公たるエセルを軽《かろ》んじてこちらに阿《おもね》るかどうか、圧力に屈《くっ》してしまうのかどうか、見させていただいたの。悪く思わないでちょうだいね」

つまりミレーユを試《ため》すために高圧的な態度を取ったということらしい。周囲の婦人らも悪戯《いたずら》っぽく目配せしたり、済まなそうに会釈《えしやく》したりしている。緊張《きんちよう》していたミレーユは、安堵《あんど》のあまりがくりと肩《かた》を落とした。

(うう、怖《こわ》かった……)

「でもね、ミレーユ。男装少女の件はわたくし本気でお願いしたのよ。エセルの許可があれば、あなたも本当にお付き合いしてくれるわね?」

「あ、はい……それは構いません」

「まあよかった。ではこの件はひとまずここまでにしましょう。妃《きさき》教育の話に戻るわね」

心底嬉しそうに手を合わせ、マージョリーは傍《かたわ》らを見やった。視線を受けたクライド夫人が軽くうなずいてミレーユに目を向ける。

「ミレーユ様には、妃教育の第一試験として一月《ひとつき》後の夜会に出席していただきます。大公殿下の許嫁として非公式ながら宮廷《きゆうてい》への披露目《ひろめ》となる重要なお仕事です。会場での立ち居《い》振《ふ》る舞《ま》い、大公殿下とのダンスの出来《でき》映《ば》えなどを見させていただきます」

ただ授業をこなしていけばいいというわけでなく、試験があるらしい。第一ということは今後もそうして続いていくのだろうか。

「名目上は春の舞踏《ぶとう》会です。そこへアルテマリスからの客人であるミレーユ様がたまたま遊びにおいでになり、大公殿下は主催者《しゆさいしや》として、また許嫁としてダンスにお誘《さそ》いになる。それで宮廷の方々にミレーユ様のお顔を知っていただくというわけです」

顔出し一つとってもいろいろ回りくどい段取りがあるらしい。薄々《うすうす》察してはいたが、なかなか面倒《めんどう》くさいもののようである。

(でも、近い目標があったほうが頑張《がんば》れそうよね。一月後か。よーし……!)

逸《はや》る心を抑《おさ》え、ミレーユは力強くうなずいた。

「ではお次に。わたくしどもの調査によりますとミレーユ様に脅迫《きょうはく》状が届いているそうですが、ご存じでしょうか?」

事も無げに言われ、ミレーユは一拍遅《いっぱくおく》れて目をむいた。

「脅迫状⁉」

「ご存じないようですね。大公妃《ひ》の座を辞退せねばお命をいただくという内容だそうです」

「な……!」

動じていないクライド夫人の言葉に淑女《しゅくじょ》演技も忘れて絶句すると、マージョリーがにっこりと笑って口を挟《はさ》んだ。

「命を狙《ねら》われるのも妃修業《しゅぎょう》のうちよ?」

(すごいことサラッと言った——!)

「ほほほ。冗談《じょうだん》よ」

(冗談に聞こえないですっ!)

「まあ、よくある嫌がらせでしょう。こういうこともあるのだと胸に留めておけばいいのよ。そのうち脅迫状が来ないのが物足りないくらいの境地になる日が来るわ。そんな些事《さじ》はエセルに任せておきなさい」

心の中で突《つ》っ込みまくるミレーユをよそに、さすがにマージョリーは余裕《よゆう》の貫禄《かんろく》である。

扇子《せんす》を口元にかざし、彼女はじっとミレーユを見つめた。

「問題はもう一つのほうよ。あなたがオズワルドとやらと交《か》わした結婚契約書《けっこんけいやくしょ》——何者かの手によって持ち出され、現在行方《ゆくえ》がわからなくなっているの」

「……え!?」

予想外の台詞《せりふ》に、ミレーユは驚愕《きょうがく》のあまり思わず腰《こし》を浮かせた。冗談よ、と再び笑ってくれるのではと見つめるが、マージョリーの表情は変わらなかった。

「このことはまだ一部にしか知られていないわ。エセルの耳にも入っていない極秘事項《ごくひじこう》よ。誰の手にあるかはさておき、この時期に表沙汰《おもてざた》にならないということは、持ち出した者がそれを悪用しようとしているとみて間違いないでしょう」

「悪用……」

「あなたとエセルの結婚を妨害《ぼうがい》するための手札にしようとしているのよ」

ミレーユは息を呑《の》んだ。では、クライド夫人に言われた「大公家を揺《ゆ》るがす大事になりかねないお話」とはこのことだったのだ。つい先程聞いた脅迫状の件が頭をよぎる。あれも関係があるのだろうか？

(リヒャルトは今が大変な時期なのに、契約書のことで脅《おど》されたりしたら……。あたしのせいでまた窮地《きゅうち》になっちゃう……！)

みるみる顔から血の気が引いていく。あれに署名をした時は、なんとかリヒャルトのために役に立ちたいという一心だった。それが今、彼の足を引っ張る枷《かせ》になるなんて。

「あの子は今、大公として大切な時。余計な負担をかけるのは避《さ》けたいところ……今こそ妃となるあなたが陰《かげ》ながら力を尽《つ》くす時よ。エセルに気づかれずにこの件を解決するのです」

おごそかな声にはっと我に返って見れば、マージョリーが真剣《しんけん》な顔で見つめていた。

「無事にそれができたら、あなたを大公家の嫁《よめ》だと認めてあげてよ。できるかしら？」

力強い眼差《まなざ》しに、ミレーユも真剣な顔になった。そうだ、自分の浅慮《せんりょ》が招いた事態を彼に負担させるわけにはいかない。

「わかりました、やります！　——それで早速《さっそく》ですが、手がかりはあるのでしょうか？」

こうなったらのんびりしてはいられない。一刻も早く捜査《そうさ》に取りかからなければと身を乗り出すと、マージョリーはにこりと微笑《ほほえ》んだ。

「まったくないわ」

「え。じゃあ、どうやって捜《さが》せば」

「ほほほ。頑張ってちょうだい。エセルにさえ知られなければ、どんな手を使っても、あなたの手駒《てごま》をいくら投入しても構わなくてよ」

直前までの緊迫感《きんぱくかん》を忘れたかのように彼女は笑顔《えがお》でのんびりと促《うなが》す。ミレーユは一瞬《いっしゅん》怪訝《けげん》に思ったが、とりあえずうなずいた。

そこに音もなく扉《とびら》が開き、女官が一人入ってきた。

「——太后《たいごう》殿下。ただ今、大公殿下がお越《こ》しでございます。直ちにお目通りをと」

「あら、早かったわね。拉致《らち》現場を誰かに見られていたのかしら？」

おっとりとしたマージョリーの声に、ミレーユははたと思い出した。

そう言えば、自分は突発《とっぱつ》的な招待を受けてここへ来たのだということを——。


第五師団の騎士《きし》数名とアンジェリカを率いて駆《か》けつけてきたリヒャルトは、貴婦人たちに囲まれているミレーユを発見するなりマージョリーに険しい視線を向けた。

「太后殿下、悪ふざけもいい加減になさってください。ミレーユが何者かに拉致されたと報《しら》せを受けて捜してみれば、まさか太后の部屋に行き着くとは……。突然《とつぜん》姿を消したと聞いて、どれだけ心配したとお思いですか」

青ざめて強《こわ》ばった顔の彼は、よほど動転していたのに違《ちが》いない。しかし強い口調での追及《ついきゅう》にもマージョリーはどこ吹《ふ》く風で扇子を煽いでいる。

「おまえがいつになっても紹介《しょうかい》してくれないのだもの。個人的にご招待するしかないでしょう。そんなに怒《おこ》らずとも、少しおしゃべりをしていただけですよ。ねえミレーユ？」

リヒャルトはため息をつき、咎《とが》めるような眼差しで言った。

「何度も申し上げましたが、ここはリゼランドではなくシアランです。男装の女性がもてはやされる国ではありません。そもそも女王陛下の男装とミレーユは無関係でしょう。お気に召《め》したのはわかりますが混同しないでください」

「まあ頭の固いこと。おまえの父親にそっくりねえ。もっと柔軟《じゅうなん》な思考をお持ちなさいな」

「そのように心がけていますが、それと男装の件とはまったく次元が違いませんか。お祖母様《ばあ》のご趣味《しゅみ》にミレーユを付き合わせるわけにはいきません」

笑顔のままちくりと言うマージョリーにリヒャルトもまったく退《ひ》かず主張する。どうやら両者の間ではすでに男装少女の件で一悶着《ひともんちゃく》あったようだ。おっとりして優《やさ》しい人に見えるが、笑顔にくるんで皮肉を言うあたり、太后殿下は意外と曲者《くせもの》なのだろうか。

「――エセルや。大事に奥に匿《かくま》うだけなんて、おまえはミレーユをカゴの鳥にでもするつもりなの？」

その指摘《してき》に、リヒャルトの表情が動いた。痛いところを衝《つ》かれたように言葉を呑んだ彼に、マージョリーはさらに言った。

「確かに、替《か》え玉をおいて本物はどこかに隠《かく》していれば、悪者たちから身を守ることはできるでしょう。でもそれではおそらく、彼女の行動範囲《はんい》はかなり限られてくることになるわね？それこそ私室と授業の部屋と、よくてもあと一つ二つくらいかしら。まあぁ、見事なカゴの鳥だこと。のびのび育ってきた娘《むすめ》なのに、可哀相《かわいそう》でならないわ」

大げさな調子で嘆《なげ》く祖母にリヒャルトは軽く眉《まゆ》を寄せたが、やがて息をついた。

「安全を第一に考えた時、徹底《てってい》してやらなければ本当に何が起こるかわかりませんから」

「そのわりに今回は随分《ずいぶん》あっさりと囲みを突破《とっぱ》されたのねぇ」

マージョリーは平然と笑い、リヒャルトが反論するより先に続けた。

「だからミレーユに不自由を強《し》いるのも仕方がないというわけなの？　それは殿方《とのがた》の身勝手というものですよ。これから大公妃《ひ》になろうという人が、一室に閉じこめられて宮殿《きゅうでん》のことを何も知らないだなんて、それこそ非常識だわ。おまえは悪者を捕《と》らえれば終わりでしょうけれど、彼女はその先も大公妃としての務めがあります。その時になって本格的に宮廷の流儀《りゅうぎ》を教え込もうとしても遅《おそ》いのよ。そういうものはね、自分の足で宮廷を歩き、肌《はだ》で空気を感じることによって身につくものなのだから」

優雅《ゆうが》な仕草でマージョリーはカップを口に運んだ。元大公妃である彼女が言うとさすがに説得力がある。自分が原因で口論になってしまった二人をミレーユははらはらしながら見比べていたが、ふとマージョリーが目配せしているのに気づいて首をかしげた。

（……？　あ！　そっか）

結婚契約書を捜すとなれば宮殿内を歩き回る必要がある。となれば男装のほうが何かと都合がいいはずだ。『ミレーユ』のままでうろついていてはきっと人目につくし、脅迫状が送られてきている以上、厳重な警備を従えての行動になるだろう。第一リヒャルトに内密で行動できるわけがない。

「警備上不安があるというのなら、別人として行動すればいいじゃないの。わたくしの男装推《すい》奨《しょう》は理に適《かな》っているでしょう？　まさか大公妃が男装して宮殿を歩いているなんて、どんなに知恵《ちえ》の回る悪者でも思いつきませんよ」

「お祖母様の仰《おっしゃ》ることもわかりますが、それでも私は彼女の安全を最優先したいのです。それで妃《きさき》教育が遅《おく》れるようなら、婚礼《こんれい》を延期してもいい。男装して宮廷に出て、一方では妃教育も受けるとなると、二重生活を送ることになります。それは負担が大きすぎる」

「あらあら。大公の妃になろうという人が、それくらいこなせなくてどうするの。ほほほ」

「お祖母様」

「あのっ」

声を尖《とが》らせたリヒャルトに、たまらずミレーユは口をはさんだ。

「……殿下《でんか》。わたし、やります。二重生活」

リヒャルトが目を見開く。彼が何か言う前にと急いで続けた。

「太后殿下のおっしゃるとおり、大事に守ってもらってるだけじゃ立派なお妃にはなれないと思うし……それに、個人的にも宮廷のことを目で見て知っておきたいし。自分で動いて勉強したい、です」

「……」

「心配してくれてありがとう。でも、早くあなたに追いつきたいんです。だからやらせてほしいの」

結婚契約書《けっこんけいやくしょ》の一件は別にしても、それは正直な気持ちだった。与《あた》えられた勉強だけしていては、生まれながらの王太子である彼にはおそらく追いつけないだろうから。

リヒャルトはミレーユの言葉に虚《きょ》を衝かれたような顔になり、そのまま黙《だま》り込んだ。

じっと考え込んでいた彼はやがて小さく息をつくと、冷静な顔に戻《もど》って視線を戻した。

「……わかりました。ではそちらの方向で対策を練り直しましょう。あなたの安全を図《はか》るのは当然のことですが、受け身になりすぎていたかもしれません。その上で希望に沿えるよう考えるべきでした」

そう言って彼は背後を見やった。供をしてきた騎士たちのうち、団長のジャックと副長のイゼルスだけが入室を許可されてそこに控《ひか》えていた。

「第五師団所属にしましょう。もともとあなたの護衛を頼《たの》んでいますし、何かとやりやすいでしょうから。詳細《しょうさい》は後で詰《つ》めますが、いいですか？」

「いいです……あの、ごめんなさい。わがまま言って」

あんなに反対していたのに今度はあっさり受け入れてくれたのは、自分が頼んだから折れてくれたのだろうかと後ろめたく思っていると、リヒャルトは控えめな笑みを浮《う》かべた。

「あなたのさっきの言葉はとても嬉《うれ》しかったですよ。焦《あせ》らなくていいから、ゆっくり追いついてきてください。いつまでも待っていますから」

「……はい」

「でも気をつけてくださいね。ここは本当に何が起こるかわからない場所です。できることならあなたを懐《ふところ》に入れて常に連れ歩きたいくらいですよ。心配でしょうがない」

真摯《しんし》な瞳《ひとみ》で見つめられ、ちくりと心が痛んだ。こんなに大事に思ってくれているのに、彼に嘘《うそ》をついた上に秘密にしなければならない。ごめんなさい、と心の中で謝っていると、がしっと両肩《りょうかた》をつかまれた。

「いいですか。お菓子《かし》をもらっても、知らない人にはついていったら駄目《だめ》ですよ。世の中には悪い男がたくさんいるんですからね。あと、甘い言葉にも注意してくださいね」

「う、うん」

まるで子ども扱《あつか》いされて微妙《びみょう》な気分になりながらもうなずくと、リヒャルトは真顔でジャックらを振《ふ》り返った。

「彼女は可愛《かわい》いから今日みたいにまた攫《さら》われるかもしれない。くれぐれも大切に預かってくれ。壊《こわ》れ物を扱うように丁寧《ていねい》に」

「ちょ、ちょっと、なに恥《は》ずかしいこと言ってるの!? みんなの前でっ」

ミレーユは目をむいて彼を制した。思わず淑女《しゅくじょ》演技も吹き飛んでしまう。以前の天然具合も心臓に悪いものだったが、今も本気で心配しているとわかるから尚《なお》始末が悪い。

「あらいいのよ。仲良きことは青春の財産よ。ねえ、みんな。ほほほ」

「お気遣《きづか》いなく、ミレーユ様。わたくし近頃《ちかごろ》老眼が進みまして、よく見えておりませんので」

マージョリーとクライド夫人が口々に言い、婦人たちも朗《ほが》らかに笑った。これしきのことでは動じないらしい。つられるようにジャックも豪快《ごうかい》な笑い声をあげる。

「ハッハッハ、まったくです！　では殿下。外でお待ちしますので、ご用がお済みになったらお呼びくださいますか。あっ、ゆっくりで結構です。いやー、仲睦《なかむつ》まじくて、羨《うらや》ましいですなあ！　熱い熱い！　わはははは！」

己《おのれ》を鼓舞《こぶ》するかのように不自然な大声で言い放ち、彼はイゼルスと二人で出ていった。

「大公と近衛騎士《このえきし》のヒミツの関係……しかしその実態は内緒《ないしょ》の許嫁《いいなずけ》同士……。二重の意味で興奮しますわね～。二人だけの合図や目配せをひそかにかわすドキドキの職場恋愛《れんあい》！　おいしいですわ～」

アンジェリカが生き生きとペンを走らせている。どうやら彼女もマージョリーたちと同じ人種のようだ。

ちらりと目をやると、マージョリーと女官たちが笑顔《えがお》で男物の衣装を掲《かか》げたのが見えた。順調に進みそうにない妃修業《しゅぎょう》の日々を思い描《えが》き、ミレーユはひそかにため息をついたのだった。

一方、廊下《ろうか》に出たジャックは激しくむせ返っていた。

「げふぅ!!」

「――団長？　どうされました」

傍《そば》の壁《かべ》に手をつき、はあはあと肩《かた》で息《いき》をしている上官を、イゼルスが冷静な顔で振り返る。

「甘い……甘すぎるぞあの空気！　耐《た》えられん……」

「塩でも舐《な》めますか？」

懐から取り出した小瓶《こびん》を渡《わた》され、ジャックは呼吸を整えながらそれの蓋《ふた》を開けた。

こういうことでは周りを一切《いっさい》気にしないらしい大公と、彼の前でだけ妙《みょう》に女子加減を増すミシェル――もといミレーユ。普段馴染《ふだんなじ》みのない光景だけに、まさしく目の毒としかいいようがない世界である。塩をちびちび舐めながら、彼は難しい顔でうなった。

「どうしたものか。このままでは私の上官としての威厳《いげん》が危ない……」

「何事も慣れですよ。それに、私の記憶《きおく》が正しければ団長も若い頃《ころ》はあんな調子でおられたはずですが。今さらいちいち動揺《どうよう》することではないでしょう」

「自分がやるのと人がやるのは違《ちが》うんだな……。反省した。今の私にはあの若さはまぶしすぎる……。イゼルス、おまえちょっと、もて男を自称《じしょう》する身として私に助言しろ。初々《ういうい》しい恋人《こいびと》同士のお熱い場面を受け流す技《わざ》を！」

「そのような自称をした覚えは一度もありませんが——」

まんざら冗談《じょうだん》でもなさそうな顔で肩を組むジャックと、それをいつものごとく流してあしらうイゼルスは、気を取り直して廊下を歩き出したのだった。


かくして、ミレーユの怒濤《どとう》の二重生活が始まった。

「おはようございます。大公殿下」

「ああ、おはよう」

大公宛《あ》ての文書を抱《かか》えて執務《しつむ》室に入ると、机についたリヒャルトは顔もあげずに答えた。他《ほか》の騎士たちの目があるから当然ここでは仲良く話すことなどできない。大公として仕事を

している彼をこっそり気づかれないよう盗《ぬす》み見るだけだ。

（でも、いつもにこにこしてるところばっかり見てるから、なんか新鮮《しんせん》かも……）

廷臣に囲まれ、大きな執務机に向かって書類を見ている彼の横顔は、なかなかに凛々《りり》しい。

互《たが》いに知らん顔のまま挨拶《あいさつ》を終えると、速《すみ》やかに執務室を出る。用もないのに長居してあやしまれてはいけない。ミレーユの正体を知っているのは第五師団の中でもごく一部だし、他の師団からも騎士が出入りしているここは要注意なのである。

師団の控え部屋である紋章《もんしょう》の間に戻ると、待ち受けていた仲間たちがどっと押し寄せてきた。

「アニキー！　戻ってくるのを待ってましたよ！」

叫《さけ》んだテオは目をうるませている。他の舎弟《しゃてい》たちも感極《きわ》まった様子だ。

「おかえりなさい、アニキさん！」

「やっぱ男のナリのほうが似合うっすね！　かっけーっす！」

「嬉しい……いつもの男らしいアニキさんがまた見られるなんて」

「なにそれっ⁉」

相変わらず女だと思われていないことに、わなわなと震《ふる》えていると、アレックスがしみじみと言った。

「けどやっぱりほっとするよ。その恰好《かっこう》のほうが君らしいって感じ」

「……」

実はそれは自分でもちょっと思っていた。金の釦《ボタン》と房飾《ふさかざ》りのついた濃紺《のうこん》の制服に袖《そで》を通すのも久しぶりだ。近頃はずっとドレスを着て生活していたから、男装の身軽さが少し心地《ここち》よい。

（昔は男の恰好するのって嫌《いや》だったけど。なんだかもう慣れちゃったな）

付け毛もつけなくていいし動きやすいし、こちらのほうが活動的になれて自分らしいような気がする。彼らの前だと自然に『ミシェル』に戻ってしまうのがその証拠《しょうこ》だろう。もちろん、男装なんかさせたくないと反対していたリヒャルトや、大公妃《ひ》らしい品格をと迫《せま》ってきたルドヴィックのことを思うと、そんなことは口に出せないが。

「それで、午前中は騎士団勤務で午後から授業に出るんだろ？　でも勤務って言っても大公殿《でん》下《か》への伝書官の仕事なんて、そんなにないぜ。どうやって暇《ひま》つぶすんだ？」

「うん、ちょっとやることがあるんだ。調べ物があるから資料室に行こうかと思って」

団長や副長からは、事情を知る騎士の傍を離《はな》れるなと言われている。となると書記官室か、舎弟らの傍しか行き場はない。だがミレーユはこの時間を利用して結婚契約書の行方《ゆくえ》を捜《さが》すつもりだった。

「へえ、なに？　手伝おうか」

「あ、大丈夫《だいじょうぶ》。ロジオンとやるから」

ね、と目配せすると、控えていたロジオンは無言でうなずいた。マージョリーに招待された日、別室で待機していた彼にも事情説明があったようで、彼はミレーユに協力してくれることになっていた。

書記官室の隣《となり》にある資料室まで舎弟たちが送ってくれることになり、ぞろぞろと廊下を歩いていると、途中《とちゅう》でイゼルスと遭遇《そうぐう》した。部下の騎士から何か報告を受けているところだったらしい彼はミレーユに気づいて視線を寄越《よこ》したが、特に何も言われることはなかった。

(よかった。副長は鋭《するど》いから、こそこそ動いてるのも気づかれそうだもんね……ん?)

内心ほっとしてその場を通り過ぎようとしたミレーユは、軍人ばかりが行き交《か》う廊下に場違《ばちが》いな可愛らしいドレス姿の少女が角を曲がって現れたのに気づいた。

「フェリックスー」と名を呼びながらあたりを見回しているのはエルミアーナ公女だ。愛猫《あいびょう》を捜してこんなところまで来てしまったらしい彼女は、こちらの一団に気づいて足を止めた。

「……公女殿下。お一人で出歩かれないよう申し上げたはずですが」

イゼルスの声に、なぜか周囲の騎士らが緊張《きんちょう》したような顔をする。ミレーユが不思議に思っていると、注意を受けたエルミアーナが、悲しげに顔を覆《おお》った。

「もうあなたとのことは終わったの! わたくしに話しかけないでっ!」

何やら芝居《しばい》がかった調子で言うなり、彼女は踵《きびす》を返して駆《か》けていった。イゼルスは軽く眉《まゆ》をひそめ、傍にいた部下に目で合図をして後を追わせた。

「……何かあったの?」

妙な緊迫感漂《きんぱくかんただよ》う仲間たちを訝《いぶか》しげに見やると、アレックスがふいと目をそらした。

「ちょっとね……」

「……?」

師団を離れている間に、どうやら何か事件でも起こったらしい。

資料室まで来ると、ミレーユは舎弟たちと別れ、ロジオンと二人で中へ入った。ここには軍の関係書類だけでなく宮廷《きゅうてい》行事に関するもの一切が収められている。目録を見ればどこに何があるのかはだいたいわかるのだ。

「まず、あの日大聖堂にいたと思われる人を洗いましょう。それで消去法で犯人を突《つ》き止めるのよ。いい？」

「御意《ぎょい》」

「じゃ、急いで資料を捜すわよ！」

正午まであまり時間がない。今日は午後から、閨房《けいぼう》学の担当教師になったアリス妃から顔会わせの茶会に招かれているので、早めに戻《もど》らねばならないのだ。

どの宴《うたげ》や催《もよお》しにも出席者目録というものが作成されるため、婚礼《こんれい》の出席者を調べるのはそう難しくない。それと貴族目録を照らし合わせ、派閥《はばつ》などを整理し、契約書《けいやくしょ》を盗むことで得をする者を洗い出すという作戦である。

「わ……、なんかこれって、貴族の人たちの名前とか関係図を覚えるのに、いい勉強になりそうね……」

ずらりと並ぶ文字列にたじろぎながらつぶやくと、ロジオンが無言でちらりと見た。それから彼はさっと紙とインク壺《つぼ》とペンを机に並べた。

「オズワルド政権が倒《たお》れ若君が無事に立たれたとは申しても、現在の宮廷は一枚岩ではございません。あの日若君に心からの忠誠を尽《つ》くしてお味方した者がこの中にどれほどいるのか、遺《い》憾《かん》ながら私にも推測がつきません」

「つまり、誰《だれ》がリヒャルトの足を引っ張ろうとしてるか、はっきりとはわからないってことよね」

だがこの中の誰かが結婚《けっこん》契約書を持ち逃《に》げしたのは間違《まちが》いないのだ。ミレーユは難しい顔で出席者目録を見つめた。

「前政権組は反オズワルドながらも堪《た》え忍《しの》んで宮廷に残った者と親オズワルド派としてうまく生き延びてきた者とがおりますし、新規組のほうも八年前に宮廷を離れていた者の復帰組や陰《かげ》ながら王太子殿下たる若君に長く付き従ってきた者、そして政権が変わったことで国外から入ってきた者もおります。それぞれの信念や矜持《きょうじ》、言い分がございますから、それらがかみ合わなければ反発が生まれるのも無理はないことなのです」

「うーん。一見敵っぽい人が味方だったり、味方だと思ってた人が実は裏切ったりすることもあるってことなのよね……。はー、リヒャルトはとんでもない世界で頑張《がんば》ってるのねえ」

なんだか途方《とほう》に暮れそうになり、思わずため息が出る。だがめげている暇はない。

（必ず契約書を捜しだしてみせるわ。誰にもあなたの足を引っ張らせはしないわよ、リヒャルト！）

気合いを入れ直すと、ミレーユはぎゅっとペンを握《にぎ》って目録に目を走らせた。

午前の時間は瞬《また》く間に過ぎ、ミレーユは調べ物を途中で切り上げると、急いで部屋に戻って服を着替《きが》えた。午後からはアリスの館《やかた》に招かれているため男装では障《さわ》りがあるのだ。

大城館のはずれにある彼女の館は、かつて大公妃だった人の私邸《してい》とは思えない、うら寂《さび》れた場所に建っていた。すぐ傍《そば》には菜園が広がり、のんびりとした空気が漂《ただよ》っている。

けれどもそこで出迎《でむか》えてくれたのは、そんな館にそぐわない美貌《びぼう》の貴婦人だった。

「お初にお目にかかります、ミレーユ様。アリス・カーターでございます」

「……っ!?」

名乗りをあげた彼女と目が合った瞬間《しゅんかん》、ビリビリッとした衝撃《しょうげき》が身体《からだ》を駆け抜《ぬ》け、ミレーユはふらりとよろめいた。

「ミレーユ!?　大丈夫ですか」

驚《おどろ》いたように抱《だ》きとめてくれたリヒャルトにしがみつき、ミレーユは軽くあえぎながらおそるおそるアリスに目を戻した。

(なに……?　なんなの、この半端《はんぱ》じゃないお色気は……!?)

つやつやとした黒髪《くろかみ》、艶《なま》めかしさを感じる化粧《けしょう》の施《ほどこ》された顔、大人の女性にしか似合わないような色の爪《つめ》——どこをとっても一分《いちぶ》の隙《すき》もなく、かつ嫌味《いやみ》を感じさせない。豊満な胸とくびれた腰《こし》、伸《の》びやかな手足が濃《こ》い紫《むらさき》のドレスに包まれてますます魅力《みりょく》を増している。彼女が瞬《まばた》きするたびに濃密《のうみつ》な花の香《かお》りがあたりに漂うかのようだ。

（どうやったらこんなにきれいで大人っぽい女の人になれるの。ただ者じゃないわ……！）

そんな畏怖《いふ》にも似た驚きがうずまく内心に気づいているのか、アリスは謎《なぞ》めいた笑《え》みを浮《う》かべて見ている。その赤い紅が引かれた唇《くちびる》の美しさに、吸い込まれそうな感覚に陥《おちい》った。

「——ミレーユ！　しっかりしてください、どうしたんですか」

ふらふら……と吸い寄せられるように歩み寄ろうとしたミレーユは、慌《あわ》てたようなリヒャルトの声に、はっと我に返った。

「ご、ごめんなさい。アリスさまのあまりのお色気……いえ、美しさに気が遠くなって……」

女の身でありながら彼女の色気にあやうく惑《まど》わされるところだった。顔を赤らめて謝ると、アリスは動揺《どうよう》もなく微笑《ほほえ》んで答えた。

「ふふ……よろしいのですよ、慣れておりますわ。でもミレーユ様の反応はまだお可愛《かわい》らしいほうです。大抵《たいてい》の方は目が合うと失神なさって、そのまま二、三日お眠《ねむ》りになりますから」

「ええっ⁉　凄《すご》っ！」

類《たぐ》い希《まれ》なる色気と目力《めぢから》だ。そんなことを事も無げに言うなんて、師匠《ししょう》と崇《あが》めたい逸材《いつざい》である。

「アリス様、私の許嫁《いいなずけ》を誘惑《ゆうわく》するのはやめてください。彼女は純粋無垢《じゅんすいむく》な人なので変に影響《えいきょう》を受けたら困ります」

「そう仰る《おっしゃ》殿下は、やっぱりわたしの眼力にはびくともなさいませんのね。ご立派にご成長あそばしたと思いましたのに、まだまだ大人にはおなりでないのかしら。ふふ」

意味ありげに流し目を送るアリスに、リヒャルトはやれやれといった顔つきで応じている。

彼女の傍にいてもリヒャルトは落ち着きと優雅《ゆうが》な仕草で年齢《ねんれい》の差を感じさせない。二人のかわす視線からは大人の雰囲気《ふんいき》が醸《かも》し出されてくるかのようだった。

「――太后《たいごう》殿下からお話はうかがっておりますわ。わたしなどでよければ、ミレーユ様のお役に立てたらと思います」

アリスが控《ひか》えめに本題に入り、彼女の豊かな胸に釘付《くぎづ》けになっていたミレーユは我に返った。

これほどのお色気を持つ人ならば手腕《しゅわん》のほうも期待できるはずだ。

「ぜひ、よろしくお願いします。なんとしても超特急《ちょう》で上級編まで習得したいんです！」

あとはできれば先程《さきほど》のビリビリ光線も会得《えとく》したい。やる気満々でお願いするミレーユに、リヒャルトは微妙《びみょう》な顔つきになり、アリスはきらりと目を光らせた。

「その目……本気ですわね？　よろしいでしょう。わたしの持つあらゆる知識と手管をお教えいたしますわ」

「はいっ、頑張ります！」

「……アリス様。くれぐれも妙なことは吹《ふ》き込まないでくださいね」

「ふふ。妙なことって何ですの？」

釘《くぎ》を刺《さ》すようなリヒャルトの眼差《まなざ》しを、アリスは余裕《よゆう》の笑みで受け止めている。その瞳《ひとみ》は年の離《はな》れた弟に対するかのような親愛の情であふれていた。畏《かしこ》まらないでとビリビリ光線を用いてお願いする彼女の言葉に甘え、ミレーユはいくらか態度をくだけさせた。

「お二人は、昔からこんなに仲良しでいらっしゃるんですか？」

「ええ、そうなんですのよ。ハロルド様がご健在の頃《ころ》はよくご一緒《いっしょ》に旅行もいたしました。男《だん》爵《しゃく》閣下の船でいろんな国に行きましたわ。ねえ殿下」

「男爵？　って、もしかして……」

「ええ、ラドフォード男爵です。祖父とは若い頃から親しかったそうで、俺も子どもの頃から面識があるんですよ。引き取っていただいたのはそのへんの事情もあったんです」

「そうだったんだ……」

リヒャルトの説明に納得《なっとく》していると、アリスが懐《なつ》かしむようにうなずいた。

「男爵閣下の船は大きいので、ハロルド様と奥様方全員とハロルド様の親衛隊の皆《みな》さんの半分くらいは同時に乗れましたし、おかげでいつも賑《にぎ》やかで楽しい旅でしたわ」

「……奥様方？　親衛隊……？」

なんだか変なことを聞いた気がして首をひねると、横でリヒャルトがため息をつくのが聞こえた。アリスはさらに笑顔で続けた。

「殿下《でんか》のお祖父《じい》様のハロルド様は、とっても女性におもてになりましたの。正妃《せいひ》のマージョリー様をはじめ、わたしを含《ふく》めて八人の奥様がいらっしゃいました。けれど残念なことにシアランの後宮は定員が八人までという決まりがあるため、ハロルド様を慕《した》う女性の皆さんは親衛隊を結成し、堂々とハロルド様の追っかけをなさることでお心を慰《なぐさ》めていらしたのです」

「…………えーと」

突《つ》っ込んでいいのだろうか？　彼女があまりにも誇《ほこ》らしげにそれを言うので、ミレーユはしばし悩《なや》んだ。

「あの……、それって奥様同士や親衛隊の人たちと喧嘩《けんか》になったりしないんですか？　なんだかアリスさまは嬉《うれ》しそうにおっしゃってますけど……」

「争うだなんて、もったいない！　ハロルド様は本当に素敵《すてき》な方で、おもてになるのも当然の現象でしたし。他《ほか》の女性に嫉妬《しっと》する暇《ひま》があったらハロルド様を愛《め》でていたい、そう思える方でしたの。むしろハロルド様の魅力を皆《みな》で語り合いたい、そして皆でハロルド様の素晴らしさを広めていきたい……そうして後宮と親衛隊が一致《いっち》団結していました。よい時代でしたわ……」

遠い目をして語るアリスの横顔を見つめながら、ミレーユはごくりと喉《のど》を鳴らした。

（ハーレムだわ。リディエンヌさまの理想がここに……！）

リディエンヌがこのことを知ったら目を輝《かがや》かせて食いついてきそうだ。

「そんなハロルド様のお孫様であられる殿下も、ご幼少の頃から大層おもてになっていましたわ。王太子であられた殿下に英才教育をと、ハロルド様は早くから娼館にお連れになっていましたの。確か、八歳の頃から通い詰《づ》めでブイブイ遊んでおられましたわ。ねえ、殿下」

「八……って、早くない!?」

王太子の英才教育、恐るべし。そしてそれを自慢《じまん》するように話すアリスから悪意やからかいが一切《いっさい》感じられないのが逆にすごい。むしろ誇るべきことと思っているようだった。

「人聞きの悪い言い方はやめてください、アリス様。遊ぶって、そういう遊びではなかったでしょう。ミレーユも、そんな化け物でも見るような目で見ないで」

「いや……やっぱりあなたってすごいんだなって思って。そりゃ余裕で上級編も習得してるわよね。あたし、初級編で苦戦してる場合じゃないわよね。まずいわ……」

彼とのあまりの差に愕然《がくぜん》とし、ミレーユが青ざめながら汗《あせ》をぬぐった時だった。

ぱたぱたと軽い足音がして、小さな影《かげ》が部屋に飛び込んできた。

「お母様……、あ！」

駆《か》け込んできたのは、やわらかい栗色《くりいろ》の髪《かみ》をした八、九歳くらいの小さな男の子だった。客がいたことに驚いたのか目を丸くして足を止めた彼を、ミレーユもびっくりして見つめた。

（かわいい……でも、誰《だれ》だろ？）

彼は大きな目を見開き、食い入るようにリヒャルトを見ている。やがてその頬《ほお》に赤みが差し、憧《あこが》れるような眼差しになった彼は、ぱっと笑顔になって叫んだ。

「父上！」

（────は？）

まっすぐリヒャルトに駆けよって抱《だ》きついた彼に、ミレーユは目をむいた。

リヒャルトを『父上』と呼ぶ子ども。それってつまり──。

「隠《かく》し子!?」

「いや、まさか」

即答《そくとう》で否定しつつも、リヒャルトはじっとその子どもに見入っている。ミレーユも慌てふためきながら二人を見比べた。

「でもなんか似てるし……そうよ、昔のあなたにそっくり……！」

以前見たことのある子どもの頃のリヒャルトの肖像画《しょうぞうが》に、その子どもは瓜二《うりふた》つなのだ。

「――もしや、ジェラルド殿下でいらっしゃいますか？」

あらたまったように向き直るリヒャルトに、抱きついたまま男の子は頬を染めてうなずく。

「ジェラルドです、父上！」

「これ。おやめなさい、失礼でしょう。――申し訳ございません、突然《とつぜん》こんなこと。息子《むすこ》のジェラルドでございますわ。部屋から出ないよう言いつけていたのですが……」

母の注意も耳に入っていないようでジェラルドはきらきらした瞳でリヒャルトを見つめている。もう他の人は目に入らないといった様子の彼に、アリスは困ったようにため息をついた。

「どこかで殿下を拝見して以来、憧れていたようですの。肖像画のハロルド様にそっくりだからと、勝手に父上だと言い始めて……」

「肖像画って、お祖父様の若い頃のものが残っていたのですか」

「いいえ。ジェラルドが生まれる少し前に描《か》いたものですわ。十年ほど前になりますかしら」

リヒャルトは一瞬《いっしゅん》黙《だま》り込み、心なしか暗い顔になって頬をなでた。

「俺ってそんなに老《ふ》け顔かな。確かにあまり若くは見られないけど……」

「そ、そんなことないわよ！　充分《じゅうぶん》若いしぴちぴちだし恰好《かっこう》いいってば！」

意外と気にしていたらしい彼をミレーユは慌てて励《はげ》ました。ハロルドが存命なら七十代半ばのはずだから、十年前だとしても六十歳を過ぎている。そんな人にそっくりと言われればそれはショックだろう。

「ジェラルド、お部屋から出てはだめと言ったでしょう。どうして破ったのです？」

「だってお母様、エルミアーナさまがこちらにいらっしゃるって――」

叱《しか》られたジェラルドはぷうっとふくれ面《つら》になる。見ていたミレーユは頰を上気させた。まるで小さいリヒャルトが現れたようで、仕草の一つ一つが可愛《かわい》くてしょうがない。

（ああ、なんかすっごく抱《だ》きしめたい……っ！）

見とれて和《なご》んでいると、ジェラルドがはっとしたように扉《とびら》のほうを見た。つられて目をやったミレーユは、どこからか気の抜《ぬ》けるような声が聞こえてくるのに気がついた。

「うふふふ、こっちよー、王子様ー」

「あははは、待てよー」

（……。何事？）

眉《まゆ》をひそめてリヒャルトと顔を見合わせると、アリスも気づいたのか扉のほうを見やった。

「実は今、エルミアーナ殿下がこちらで密会なさっておいでですの」

「密会⁉」

「はい。なんでも、あまり表立って逢《あ》い引きができない方とお付き合いなさっているそうで、お気の毒なので密会場所を提供して差し上げているのですわ」

なんでもないことのようにアリスが言い、ミレーユは啞然《あぜん》とした。平然としているあたり、こんなことは日常茶飯事《さはんじ》なのだろうか。それにしても公女が白昼堂々密会とは――。

(こう言っちゃ失礼だけど、エルミアーナさまは箱入りのお姫様《ひめ》だし、変な男に騙《だま》されてるんじゃないわよね……)

心配になって声のするほうを見ていると、噂《うわさ》をすればなんとやらでエルミアーナが楽しげに笑いながら部屋へ駆け込んできた。彼女はこちらに気づくと驚《おどろ》いたように目を瞠《みは》った。

「まあ、ミレーユ。お兄様も。ごきげんよう」

「エルミアーナさま、密会中って本当ですか。一体、誰とっ？」

「あら、もうお耳に入ってしまったの。きゃっ、恥《は》ずかしい。でもいい機会だからご紹介《しょうかい》しようかしら」

詰《つ》め寄るミレーユにエルミアーナは嬉しげに頬をそめて身をくねらせる。だが隠す気はまったくないようで、扉の向こうに呼びかけた。

「王子様ー、こっちに来てくださる？　紹介したい人がいるの」

タタタ……と軽《かろ》やかな足音が近づいてきて、戸口に金髪《きんぱつ》の頭がのぞいた。

「はっはっは。なんだい？　ぼくのお姫様」

「……!?　何してんの——!?」

ミレーユは目をむいて立ち上がった。『変な男』という予想が大当たりしてしまったことに、思わずくらりと目眩《めまい》を覚える。

扉に軽くもたれ、まぶしい笑《え》みをふりまいた金髪の王子様。意外と言えば意外、だが見た瞬《しゅん》間《かん》これほどぴったりな人選はないと納得すらしてしまったのは、彼がアルテマリスの王宮でも同じようなことをやっているからだろうか。

「なんでフレッドが王子様してんのよ⁉」

かみついたミレーユをものともせず、エルミアーナはにこにこと傍《かたわ》らを見る。

「紹介するわね、ミレーユ。こちらはわたくしの新しい王子様で、真《しん》・ミシェルよ」

「し、真・ミシェルってなんなんですか⁉」

「ミシェル、こちらはあなたの前の前にわたくしの王子様をしてくれていた方なの。その節はとても素晴らしい王子様ぶりだったわ」

「どうも、こんにちは。エルの王子様のミシェルです」

キラリと白い歯を見せて挨拶《あいさつ》したフレッドの首根っこを、ミレーユは鷲《わし》づかみにした。

「すみません失礼します！　——ちょっとこっちに来てっ‼」

目をつりあげて踵《きびす》を返すと、エルミアーナが悲しげに、そしてどこか嬉しげに叫《さけ》んだ。

「ああっ、ミシェルが連れて行かれてしまう。妹に引き裂《さ》かれる悲劇の恋《こい》ね⁉」

(ちょ……なんであたしが悪役なのよっ！)

納得《なっとく》のいかない思いを抱《かか》えながら、ミレーユはフレッドを引きずって部屋を出たのだった。

アリスの茶会を辞し、ミレーユを部屋まで送ったリヒャルトは、そのまま彼女の部屋に留《とど》まっていた。ただしこちらは公爵令嬢《こうしやくれいじよう》『ミレーユ』、つまりフレッドが暮らしているほうの部屋である。

その一室で、彼は異国に残してきた妹宛《あ》ての手紙を書いていた。

八年前離《はな》ればなれになり、王女と騎士《きし》として接してこなければならなかった妹。もう身分を偽《いつわ》っている必要がなくなったのだから一緒《いつしよ》に暮らしてはどうかとミレーユには言われたが、リヒャルトは首を振《ふ》った。

オズワルドに命を狙《ねら》われる危険は確かになくなったが、今戻《もど》れば大公の妹としていろんな責任や義務が生じることになる。もし自分に何かあったら妹に飛び火することもあるだろう。そんな立場にわざわざ戻すより、このままアルテマリスで静かに暮らしたほうがいい。国王の養女という身分なら安全だし、ある程度の自由が保障されているからだ。

だが妹はもう二度と故郷の地を踏《ふ》むことはない。仕方のないことだとわかっていても、それを思うと苦い思いがこみあげるのだった。

「お待たせー。いやー、デートが長引いちゃってさぁ」

ふいに扉の開く音が思考をやぶった。見ると、瑠璃色《るりいろ》のドレスに身を包んだフレッドが完璧《かんぺき》な淑女《しゆくじよ》の微笑《びしよう》を浮《う》かべて入ってきたところだった。あっけらかんと笑って長椅子《ながいす》の隣《となり》に座った彼に、リヒャルトは憂鬱《ゆううつ》な思いを頭から追い出した。

「悪いな。エルの遊びに付き合わせて」

「別に構わないよ。ああ見えて姫君《ひめぎみ》は結構大人でいらっしゃるし、話してて有意義なこともあるし。それにさっきはおかげで久々にミレーユにシメられちゃったしー」

「嬉《うれ》しいのか、それ」

「もちろんさ！　やっぱりあの子の首の絞《し》め方は最高だよね……！」

うっとりするフレッドに、苦笑《くしょう》してリヒャルトはペンを置いた。何かと忙《いそが》しくて時間がとれず、ゆっくり話すことができなかったが、彼とは話しておくことがいろいろある。

軽く近況《きんきょう》報告をし合ってから、フレッドは思い出したように切り出した。

「そういえば、あの人はどうなった？　ウォルター伯爵《はくしゃく》。何か言ってきた？」

心に重くのしかかるようなその名前に、思わず嘆息《たんそく》しながらリヒャルトはうなずいた。

「手紙がこれまでに三百通以上届いているそうだ」

「うわー。きみのことが本当に好きでしょうがないんだねぇ。で、なんて書いてあったの？」

「読んでない。代読を頼《たの》んでいるから、何か異変があれば報告があるだろう」

ふうん、とつぶやいたフレッドは、閉じた扇子《せんす》を顎《あご》に当てて何やら考え込んでいる。何か言いたげなのを訝《いぶか》しげに見ると、彼は表情を変えずに口を開いた。

「彼さ……本当にあの鉱石をサラ嬢《じょう》の魂《たましい》だって信じてたと思う？」

「……というと？」

「だって、あのウォルター伯爵だよ？　あれだけ腹黒い人がそんな詰めの甘い間違《まちが》い犯《おか》すかなとふと気になってさ。あの時はぼくも気持ちよく勝ったつもりでいたけど、よくよく考えるとね……」

「偽物《にせもの》だと知っていながらあんな事件を起こしたっていうのか？　まさか」

「わかんないよ？　彼が途方《とほう》もない嘘《うそ》つきだってこと、きみももう知ってるだろ？」

流し目で微笑まれ、リヒャルトは思わず眉をひそめる。もしそうだとしたら、彼の行動原理にますます不気味な色がつくことになる――。

「まっ、とりあえず今はその話はいいか。きみも忙しいんだもんね。本題に入ろう」

気を取り直したように言ってフレッドは持っていた手紙を開いた。エドゥアルトがシアランに来る際、アルテマリス王太子ジークから託《たく》されたものだ。

それには意外な驚きの事実が記されていた。王都で牢獄《ろうごく》破りが起こり、脱獄《だつごく》犯がシアランへ向かう恐《おそ》れがあるから注意しろというのだ。

「アルテマリスから出たかどうかはまだわからない。でももし国外へ出たとしたら、確かにぼくたちが標的になる可能性はあるね。彼はきっと、もうミレーユのことも知ってるはずだ」

「ああ。それに俺のことも直《じき》に知れるだろう。一人で行動していればいいが、どこかの反勢力にでも取り込まれたら厄介《やっかい》だな」

「リゼランドの関係者も調べたほうがいいね」

「フィデリオに調べてもらってる。彼はリゼランド貴族に詳《くわ》しいから」

「ああ、きみの従兄《いとこ》君？　帰還《きかん》早々、大変だねえ」

捜査状況《そうさじょうきょう》などを簡単に打ち合わせると、フレッドは手紙をたたみながら顔をあげた。

「そうだ、反勢力で思い出した。オズワルド付きの占《うらな》い師の中に一人、気になる人がいてね。

中年の占い師で、やり手な感じの……ソルビークリッツフォンテグラル派のことまで知ってるなんて、相当だ」

「ソル……何?」

聞き慣れない言葉に眉をひそめると、フレッドは意外にも真面目《まじめ》な顔で指を立てた。

「古ダラステア語だよ。悪い魔術師《まじゅつし》の代名詞みたいになってる、伝説の魔法使いの隠語《いんご》だ。人面犬君の呪《のろ》いのことを調べてて知ったんだけど。反応したのは彼だけだったから、気になってたんだ」

「呪いか……」

馴染《なじ》みのないその単語はひどく空虚《くうきょ》に感じられる。オズワルドを教主として祭り上げていた狂信《きょうしん》派の者たちは彼専属の占い師として宮廷《きゅうてい》に仕えていた。彼らの占いによって宮廷のことが決まっていたというから、実質動かしていたのは彼らだという見方もできるのかもしれない。

問題は山積みだ。許嫁《いいなずけ》を安心して妻に迎《むか》えられる日は、まだまだ遠い。

「――フレッド。お祖母《ばあ》様にミレーユの男装の件を進言したのは、きみだろう?」

腕《うで》を組んだままちらりと目線をやると、彼はにっこり笑って小首をかしげた。

「あは。わかっちゃった? さすがぼくの親友」

「どうして俺に直接言わないんだ」

「だってきみ、ぼくが言ってもたぶん聞かなかっただろ? ミレーユの男装にはずっと反対してたし。だったら逆らえない立場の方から言ってもらったほうが早いかなーって。太后《たいごう》殿下も男装少女のためなら何が何でも説得なさると思ってさ」

「……まったく……」

あっけらかんと白状され、リヒャルトはため息をついた。親友ですら策に嵌《は》め、それなのに悪びれていない。そういうところがなぜか昔から憎《にく》めないから不思議だ。

ミレーユの本質を守りたければ、ある程度の自由がなければいけない。フレッドはそれをわかっているし、ミレーユは懸命《けんめい》に行動しようとしている。——一番覚悟《かくご》ができていないのは、自分なのかもしれない。

「けど、ルドヴィックをあの子の傍《そば》から離してくれたことは感謝してるよ。別に悪い人じゃないんだけど、あの調子で励《はげ》まれたらミレーユは大公妃になる前につぶされちゃうからねー」

フレッドのぼやきにリヒャルトもうなずく。その件では不満たらたらで、ミレーユに会いに行こうとするのを何かと邪魔《じゃま》していたルドヴィックだが、近頃《ちかごろ》妙《みょう》に大人しい。余計なことを企《たくら》んでいなければいいのだが——とそこまで考えて、リヒャルトは当惑《とうわく》気味に眉《まゆ》をひそめた。

「フレッド……、やっぱり、怒《おこ》ってるのか？」

「え？　何が？」

「いや、これ……嫌《いや》がらせだろう？」

なんの前触《まえぶ》れも臆面《おくめん》もなく膝《ひざ》の上によじのぼってきたフレッドは、リヒャルトの腿《もも》の上に横座りしながらにっこりと笑った。

「風の噂《うわさ》によるといちゃいちゃ禁止令が出たらしいね。しかも結局一線は越《こ》えてないっていうし。きっと今頃《いまごろ》欲求不満《よっきゅうふまん》だと思って、せめて同じ顔のぼくが慰《なぐさ》めてあげようかなーって」

「……」

「さあさあ。ミレーユだと思って抱《だ》きしめたり触《さわ》ったりしてもいいんだよ？　ほらほら」

「……ごめん。俺が悪かった……」

いくら同じ顔とはいえ男のフレッドに惑《まど》わされることはないが、嫌がらせをする心理は理解できるだけに心が痛む。遊ぶように扇子の先で顎を突《つつ》かれ、ため息をついていると、肩《かた》に手を回して密着していたフレッドがテーブルの上の便箋《びんせん》を見つけた。

「誰宛《だれあ》てだい？　その手紙」

「ああ……セシリア殿下《でんか》だ」

へえ、とつぶやき、フレッドは面白《おもしろ》そうに笑った。

「お会いしてみてわかったんだけどさ、セシリア様って太后殿下とはあんまり共通点はないね。ああいう腹黒……失礼、策士な感じはセシリアさまにはないもんねー。間違いなくアルテマリスのほうの祖母君似だ」

「そうだな。確かに」

いまいち素直《すなお》でない母方の祖母を思い出してふと笑《え》みをこぼし、リヒャルトは書きかけの手紙に目を落とした。

本来ならば妹に手紙を出すつもりはなかった。『シアラン大公』が、面識のない『アルテマリス王女』に手紙を書く理由が表向きはないからだ。妹の安全を考えた時、少しでも彼女の身が脅《おびや》かされる恐れがある行動は取るわけにいかなかった。

『じゃあ、あたしがセシリアさまにお手紙を出すから、そこにあなたの手紙を入れたらいいんじゃない？　あたしならセシリアさまと従姉妹《いとこ》だから、あやしまれないでしょ？』

求婚《きゅうこん》した夜、セシリアの処遇《しょぐう》を訊《たず》ねてきたミレーユにそう言われた時、目が覚めるような思いがした。そんな簡単なことも思いつかなかった自分は、やはり根が冷酷《れいこく》なのだろうかと思ったのだ。

（こんなことじゃ、あの子にも恨《うら》まれていたのかもしれないな）

他人のふりをすることで守ってきた。それで寂《さび》しい思いもさせたはずだ。幼くして両親を奪《うば》われ、たった一人で見知らぬ場所に放り込まれて、辛《つら》い思いをさせてきた。それなのに今も手を差し伸《の》べてやることができずにいる。

セシリアの安全を思えば、この現状に迷いはない。だが迷いを覚えない自分がひどく冷たい人間のように思えてきて、疑念が湧《わ》くのだ。過保護なくらい大切にしたいと思っているのに、実は突き放しているのではないのだろうかと。

早く答えを見つけなければ、取り返しのつかないことになるかもしれない。セシリアだけでなくミレーユに対してもそんな思いを抱《いだ》いていることに、ひそかに焦《あせ》りが生じていた。

第三章　帰ってきた弟

シアラン公国に若き大公が即位《そくい》した頃《ころ》。アルテマリス王国にも遅《おそ》めの春が訪《おとず》れていた。

宮廷を賑《にぎ》わすベルンハルト伯爵《はくしゃく》が長く留守にしているため、彼が騎士《きし》団長を務めるセシリア王女の居宮・白百合《しらゆり》の宮も静か——と思いきや、意外にも毎日のように怒声《どせい》が響《ひび》いていた。

「いい加減になさい、子爵《ししゃく》っ！　わたくしの部屋で毎日朝から晩まで怪談《かいだん》大会を催すのはおやめと言ったはずよ!!」

顔を引きつらせたセシリアが耳をふさぎたいのを必死にこらえながらわめく。王女の威信《いしん》にかけてというより、意地っ張りな性格のせいで『怖《こわ》がっている』と思われたくないのだ。

連日のように繰《く》り返される王女の癇癪《かんしゃく》に、応じた答えもまた同じものだった。

「しかし殿下。自分が不在の間殿下を寂しがらせないようにとの、隊長からの命令でして」

白百合騎士団副長カイン・ゼルフィード子爵は、今日も黒猫《くろねこ》を頭と肩にのせたまま淡々《たんたん》と言った。幽霊《ゆうれい》と友達であることを隠《かく》しもせず、婚約《こんやく》者の影響《えいきょう》から心霊《しんれい》地点めぐりを最近の趣味《しゅみ》としている彼は、怪談話に事欠かない生活を送っているという。その能力をいかんなく発揮され、セシリアは誠《まこと》にありがた迷惑《めいわく》な日々を送っているのだった。しかも時折ジークとリディエンヌ

も一緒《いっしょ》に参加してはセシリアそっちのけでいちゃつくだけいちゃついて帰っていく。これで寂しさが紛《まぎ》れるわけもなく、募《つの》るのは疲労《ひろう》ばかりだ。

「わたくしを楽しませるために毎日怪談をしろというのが伯爵の命令だというの？　嫌がらせじゃないの、明らかに！」

「お楽しみいただけておりませんか」

「当たり前でしょう！　寒くて毎回震《ふる》えているのがわからないのっ」

「では明日からはまた白百合騎士団による筋肉舞踊《ぶよう》でお心を慰めさせていただきます」

「暑苦しければいいというものではなくってよ!!」

力を限りにわめくと、セシリアははあはあと肩で息《いき》をついた。

「……子爵。いい加減わたくしに嫌がらせをするのはやめて帰国するよう、伯爵に伝えてちょうだい。わたくしを衰弱死《すいじゃくし》させるつもりなのかと」

「早めの帰国は私も望むところです。婚約者からの連日の手紙による圧力とそれに嫉妬《しっと》する猫《ねこ》たちをなだめるのとで、なかなか大変ですので」

そのわりに平然とした顔つきでカインは目線をあげた。

「ですが彼も任務の一環《いっかん》であちらにいるわけですし、私から言っても簡単に帰国は実現しないでしょう。殿下が直接お手紙でご命令なさってはいかがです」

ひんやりした目つきは、こちらの心の中を見透《みす》かしてしまいそうだ。セシリアは思わず顔を赤らめ、口ごもった。

「わ、わたくしが言ったところで聞くような人じゃないでしょう……。そもそも、先日の手紙もその前に出したものもその前の前のも、あなたや侍女《じじょ》たちが書けというから仕方なく書いたのよ！　わたくしは別に、伯爵がどこで何をしようと気にしていないし、ほんとうは手紙など書きたくもなかったんだからっ！」

「フレッドは喜んでおりましたよ。お元気そうで何より、またお手紙をくださるよう伝えてほしいと私への書簡に書かれていました。この通り」

ぴらりと手元の書簡を彼は広げて見せつける。セシリアはそれを食い入るように見つめた。カインへの返書には王女のことが毎回少なからず書かれているようだが、自分にも読ませてくれとはどうしても言えず、実はかなり気になっている。一体伯爵は、他《ほか》にどんなことを書いてきているのだろう？

（まあ、大方シアランの情勢のことでしょうけれど。……お兄様は大変でしょうから、伯爵が助けてくれるのは心強い……でも、いつになったら帰ってくるのかしら。あまり長くなると顔を忘れてしまいそう……）

いっそのこと白薔薇《ばら》乙女《おとめ》の会あたりから伯爵の新しい絵姿を手に入れようか――とそこまで考えて、カインと猫たちの視線を感じたセシリアは、はっと我に返った。赤面して咳払《せきばら》いすると強気な態度を取り戻《もど》し、フンと大きく鼻を鳴らす。

「そ、そこまで言うなら、仕方がないから書いてあげてもいいわ。とっても面倒《めんどう》だけれど、どうせ暇《ひま》だから、暇つぶしにはなりそうね。子爵、ペンと便箋をお貸しなさいっ」

精一杯《せいいっぱい》面倒くさいという態度を作りながらも、セシリアはいそいそと机に向かった。帰ってこいとずばり要求する勇気はないが、それとなく探《さぐ》りを入れることくらいはできるはずだ。知らず知らず頬《ほお》が上気するのを止められなかった。

遠いシアランの空の下で、彼は今、何をしているのだろう――？


その頃、件《くだん》のベルンハルト伯爵は大忙《おおいそが》しの日々を送っていた。

「王子様ー、早くー」

「あはは、待てよー」

宮殿《きゅうでん》のはずれに近い、湖に臨《のぞ》む砂浜《すなはま》に能天気な声が響き渡《わた》る。水際《みずぎわ》を駆《か》けていたエルミアーナ公女が楽しげに振《ふ》り向いて手を振るのへ、追いついたフレッドはにっこりと笑顔を向けた。

「そんなに急いでどこにいくつもりだい？　ぼくのお姫様《ひめさま》」

「うふふ。あなたに追いかけてきてほしいから逃《に》げるのよ。王子様」

「おやおや。いたずらなお姫様だ」

「だって、あなたの困ったお顔を見たかったのだもの」

「あはは。こーいつーぅ」

ちょん、と指で額をつつかれ、エルミアーナは「きゃー」と嬉《うれ》しげに笑う。

他人から見ればなんとも気の抜《ぬ》けるような光景だったが、二人は今、それぞれ「王子」と「姫」という役割に分かれ、王子様ごっこを繰り広げている真っ最中なのだった。これらの会話は公女が書いた台本通りのものであり、行動も公女の夢を実現したものである。相手役のフレッドがノリノリで楽しんでいるので——地が出ているだけ、という見方もあるが——公女殿下も思う存分乙女気分を味わえてご満悦《まんえつ》なのだった。

一通り王子様ごっこをして満足すると、二人は水辺に腰掛《こしか》けて一休みすることにした。湖を渡ってきた風に誘《さそ》われるように顔をあげれば、遠くにそびえる大城館が目に入る。宮廷《きゅうてい》の中央機関がある場所だ。そこで日々政務に励《はげ》んでいるはずの新大公のことを思い出し、フレッドは少し考えてから、何気なく切り出した。

「姫は、偽《にせ》大公に仕えていた占《うらな》い師と面識はありますか？」

「ええ。何人かは知っているわ」

「中年の占い師のことは？」

エルミアーナは首をかしげて考え込んだ。

「どの人のことかしら。何人かいたから、わからないわ」

「ですよねえ。いや、結構です。変なことを訊《き》いてすみません……っと」

「きゃ」

突然《とつぜん》ふらついたように抱きついてきた王子様に、ふいをつかれたエルミアーナは、そのまま折り重なって地面に倒《たお》れた。直後そこに飛んできた茶色い物体が、二人の背後にあった立ち木にぶつかってべしゃりとつぶれる。——泥《どろ》団子だ。

ちらりとそれを確認《かくにん》したフレッドは、ゆっくりと身体《からだ》を起こした。

「大丈夫《だいじょうぶ》ですか、姫？　すみません、急に目眩《めまい》がしてしまって」

「まあ、びっくりした。わたくしはだいじょうぶよ。それよりあなたのことが心配だわ。目眩がしたなんて、繊細《せんさい》なのね」

「ええ、そうなんです。こう、フラフラッとね……」

軽く眉間《みけん》を押さえながら、フレッドは少し離《はな》れた距離《きょり》にある並木のほうを見やった。

小さな影《かげ》が憤慨《ふんがい》したように走っていく。可愛《かわい》くてついにやりと笑いをこぼしたが、その近くに立っていた別の人影に気づいて瞬《またた》いた。

（……あれは……）

癖《くせ》のある黒髪《くろかみ》の少年は、フレッドの視線に気づくと身を翻《ひるがえ》した。並木の向こうに去っていく後ろ姿をフレッドはじっと見送った。


「お疲《つか》れでいらっしゃいますね、殿下《でんか》。無理もございませんが」

収拾《しゅうしゅう》がつかないまま議会が終了《しゅうりょう》し、議会場から執務《しつむ》室に戻ったリヒャルトに、同行してきたメースフォード侯爵《こうしゃく》は苦笑《くしょう》気味に議事録を差し出した。宮廷議会で議長を務める彼とは、議会の後で短い話し合いを持つことになっていた。

「しかし今日の提案はいささか乱暴が過ぎましたね。ウォルター伯爵《はくしゃく》家の墓を壊《こわ》すか移すかするべきだとは……。確かに例の事件で当主が逮捕《たいほ》されて心証は悪くなっていますが――」

「伯爵家は大公家の血筋にある名門だ。先代伯爵は父上の弟君でもある。世話をする者がいないというのなら私がその役を引き受ける。――という答えでは納得《なっとく》しない人がいるようですね」

今日の議事録をめくりながら答えるリヒャルトに、侯爵はため息まじりにうなずく。

「先代大公殿下の御墓と同じ敷地《しきち》にあるのは許せんという意見ですが……それで無関係のご先祖の墓まで排除《はいじょ》するわけにもいきません。悪意あっての主張でないだけに、難しいですね」

「先代両殿下の墓碑《ぼひ》が完成するまでには、なんとか説得をまとめましょう」

「いやーしかし、八年の歳月を経てようやく両殿下の棺《ひつぎ》を廟館《びょうかん》にお納めできるのですなぁ。先の葬礼《そうれい》の儀《ぎ》も待ち遠しい。立派な世継《よつ》ぎ様のお帰りを両殿下もさぞやお喜びでしょうなぁ！」

一緒にいた別の紳士が喜色を浮《う》かべて口をはさむ。追従《ついしょう》の含《ふく》まれたその言葉にリヒャルトは微笑《びしょう》で応じた。

「……そうだといいですね」

議事録を確認して返すと、待ちかまえていたように近衛《このえ》秘書官を務める騎士《きし》たちが次の仕事を持ち込んでくる。と、退室した他の貴族らに続こうとしたメースフォード侯爵が、思い出したように足を止めた。

「そういえば、私の息子《むすこ》もこのたび近衛騎士団に入団しまして。第二師団所属のレギウス・コーディリッドと申します。どうぞお見知りおき下さい」

「ああ、知っていますよ。選抜《せんばつ》されて執務室付きになっていますね」

あっさりとうなずいた大公に、侯爵は嬉しそうに目を細めた。

「娘《むすめ》のほうも、一度ご挨拶《あいさつ》したいと申しておりました。殿下がお戻りになるのを心待ちにしておりましたので」

「令嬢《れいじょう》は確か、シーカ……レルシンスカ嬢でしたね。お元気ですか」

「ありがとうございます。今年で殿下と同じ二十歳《はたち》になるのですが、相変わらずでして。殿下がお戻りになるまではどこにも嫁《とつ》がず神に祈《いの》り続けると、尼僧院《にそう》に引きこもっていたこともあるのですよ。そろそろいい歳《とし》ですし、よい縁談《えんだん》があればと日々悩《なや》んでいるのですが――」

「……侯爵。申し訳ないが――」

言外にこめられた意味に気づいて目をやると、侯爵はハッとしたように口をつぐんだ。いやに慌《あわ》てた顔で首を振る。

「あっ、いえ、承知しております。私も今さらあれを後宮に入れようなど夢にも思いません。そのような恐《おそ》ろしいこと……」

「……」

「殿下、もし何かあれのことで異変がございましたら、すぐに私に仰《おっしゃ》ってください。よろしいですね、すぐにでございますよ」

自身の方がよっぽど青ざめている侯爵に、リヒャルトは曖昧《あいまい》な顔でうなずいた。

「では、結婚契約書《けっこんけいやくしょ》の行方《ゆくえ》はまだつかめていないのね？　ミレーユ」

おっとりと訊《たず》ねられ、ミレーユはぎくしゃくとうなずいた。

「はい、太后殿下《たいごう》。当日の契約書の足取りを調べたのですが、実はあの日……いたぁ！」

ごつんと頭に硬《かた》い物が当たり、思わず悲鳴をあげる。傍《そば》で帽子《ぼうし》をかぶせていた若い女官が青くなってその場に膝《ひざ》をついた。

「もっ、申し訳ございません！　お怪我《けが》はございませんでしたでしょうか!?」

「あ、だ、大丈夫です……こちらこそ、動いてしまってごめんなさい」

頭上の帽子は派手派手しい羽根飾《はねかざ》りと貴石が付けられ、首を動かすのも一苦労な重さだ。危ないから動くなと言われていた意味がやっとわかってため息が出る。

めでたく大公の許可を得たミレーユは、あれから度々《たびたび》マージョリーの館《やかた》に呼ばれては着せ替《か》え人形にされている。もちろん着せられる衣装はすべて男物だ。その着付けの最中に、契約書の捜査状況《そうさじょうきょう》を訊かれるのが決まりになっていた。

「ええと、報告を続けさせていただきます。あの日、契約書はめぐりめぐって法廷《ほうてい》関係者の手に渡ったそうです。オズワルドの罪を証明するためたくさんの書類が運び込まれていましたから、それと一緒《いっしょ》にまとめられて法廷の書物保管庫に収められました」

薔薇《ばら》の刺繍《ししゅう》がされた眼帯を着けられながらミレーユは真面目《まじめ》な顔で話を進めた。ちなみに今日の衣装のテーマは海賊《かいぞく》王である。

「その保管庫には出入者記録が残っていました。現在はその記録を調べています」

「わかったわ。ご苦労様。――ああっ、とっても素敵《すてき》！　やんちゃな少年海賊の感じがとてもよく出ていてよ！　ねえ、みんなもご覧なさい」

調査報告など上の空で、マージョリーは着付けの終わった男装少女に目を輝《かがや》かせている。最初のうちこそ面食《めんく》らったものの毎度こんな反応をされてはさすがに慣れてきて、ミレーユはやれやれと内心ため息をついた。

着付けの後は男装少女を囲んでのお茶会である。太后はじめ、同席する女官たちも貴族の婦人ばかりで、作法に自信のなかったミレーユも近頃《ちかごろ》は見よう見まねで様《さま》になってきた。もちろん、宮廷作法の授業でクライド夫人にびしばししごかれているのもあるだろうが。

「――確認だけれど、ミレーユ。結婚契約書の件、エセルにはまだ知られていないわね？」

いつもと同じ質問をされ、ミレーユは神妙《しんみょう》な顔でうなずいた。これに答える時、毎回うしろめたさが心にわだかまる。

「ならよくってよ。他《ほか》に何か変わったことはない？」

「変わったことというか……調査を進めるうちに、自然と宮廷の方のお名前や関係図を把握《はあく》できているので、よかったなと思います」

素直《すなお》に打ち明けると、マージョリーは微笑んでうなずいた。どこか満足げな表情だった。

「それはよいことね。でもお名前だけ覚えても意味がないわ。今度はお顔と一致《いっち》するようにならなければね。ちょうどいいことに、もうすぐ夜会が開かれるわ。ごく小さな催《もよお》しだけれど、あなた、ちょっと潜入《せんにゅう》してきなさい」

「潜入、ですか？」

「ええ。ほら、あなたの替え玉のあの子にも出席していただいて。ああいう場でエセルと並ぶとどんなふうに見えるのか、客観的に見られるよい機会だわ。いろいろと参考になるはずよ」

そう言われるとそんな気がしてくる。第一試験である春の舞踏《ぶとう》会に臨《のぞ》む前に、その夜会で雰《ふん》囲《い》気《き》をつかんでおくのもいいかもしれない。

（そういえば、舞踏会のこともあったんだっけ。結婚契約書を捜《さが》すのに必死すぎて忘れてたわ……）

マージョリーに命じられた調査とはいえ、もちろんそれで授業が免除《めんじょ》されるわけではない。午後はダンスや宮廷《きゅうてい》作法、宮廷儀《ぎ》礼《れい》、その他教養科目が詰《つ》まっているため、自由に動けるのは実質午前中だけだ。忙《いそが》しいが、そうして走り回ることができるせいだろうか、不思議と窮屈《きゅうくつ》な思いはしていない。無理やり男装少女を推《お》し進めた太后のおかげかもしれない。

「――失礼します、お祖母《ばあ》様。やあ、お茶会ですか」

ふいに男の声が聞こえ、考え事をしていたミレーユは我に返った。扉《とびら》のほうを見やり、ぎくっとして息を呑《の》む。

入ってきたのは、ゆったりとした笑《え》みを浮かべた男だった。髪《かみ》の色が違《ちが》うだけであの偽《にせ》大公と瓜二《うりふた》つの彼に、別人とわかっていても一瞬怯《いっしゅんひる》んでしまった。

「あら、ギルじゃないの。こちらへいらっしゃい。お仲間に入れてあげてよ」

「いえ、お借りしていたものを返しにきただけですから……、わあ、海賊だ」

カップを持ったまま固まっているミレーユを見て、ギルフォードはのんびりと声をあげた。

「あなたたち、初対面なの？　エセルはあなたにも彼女を紹介《しょうかい》していないのね。いけない子だこと。ギルや、こちらはベルンハルト公爵《こうしゃく》の令嬢でミレーユよ。仲良くしてあげてちょうだい」

ミレーユは内心目をむいた。そんなに簡単に秘密をばらしてしまっては男装の意味がないのではと焦《あせ》ったが、当のギルフォードのほうもあっさりとそれを流した。

「ああ、エセルのお嫁《よめ》さんね。エセルも心配で、なかなか僕には紹介できないんでしょう。仕方ないですよ」

人懐《ひとなつ》こい顔で笑いかけてきた彼の瞳《ひとみ》に一瞬寂《さび》しげな色が過《よ》ぎったのに気づき、ミレーユははっとした。リヒャルトとの間のわだかまりはまだ解けていないのだ。

「初めまして、ミレーユさん。お祖母様のご趣味《しゅみ》に付き合っていただいて、すみませんね」

ミレーユは慌てて立ち上がり、帽子を押さえながらお辞儀《じぎ》した。

「初めまして。よろしくお願いします。ギルフォード殿下《でんか》」

この人はあのオズワルドではない。変に壁《かべ》を作って身構えてしまっては失礼だ。

マージョリーも女官たちも、ギルフォードの来訪をごく自然に受け入れている。自分だけがそれをできていなかったことを反省しつつ、ミレーユはリヒャルトのことを思った。

（リヒャルトは何も言わないけど、ギルフォードさまのこと、どう思ってるのかな）

自身を陥《おとし》いれた敵ではなかったと判明しても、気持ちがそう簡単に切り替えられるものだろうか。礼儀《れいぎ》をもって接しているのは知っているが、心の奥底まではわからない。きっと単純には解決できない問題だろう。

女官たちの輪に和《なご》やかに加わるギルフォードを見て、ミレーユは難しい顔で考え込んだ。

午後の授業に出るためマージョリーの館を辞したミレーユは、ロジオンと二人で急いで『ミレーユ』の館へと向かった。授業の際は当然だが女の姿、それも正装に近い恰好《かっこう》をしなければならない。そのため着替《きが》えの時間も必要なのだ。

今日はラウールの授業である。遅刻《ちこく》してはまずいとばかりに近道を行くことにした。これまでにも何度か使っている手で、ちょっと乱暴ではあるが、建物を回らずに突《つ》っ切る——つまり窓から出て向こう側に行くのだ。

いつも使っている経路を進んでいくと、前方から誰かの話し声が聞こえてきた。ロジオンに制され、ミレーユは慌てて足音を消した。

（……貴族の人たち？）

どうやら数人集まって世間話をしているところに出くわしたらしい。今までも何度かこういうことはあったので驚《おどろ》きはないが、見つかるのは面倒《めんどう》だ。戻《もど》って遠回りするかとロジオンに目で訊ねた時だった。ふと「ジェラルド」という名前が耳に入ってきて、ミレーユはつい興味を引かれた。

「――なんとかして、領地を没収《ぼっしゅう》できる手はないのか。必要ないだろう、あんな子どもに」

苛々《いらいら》したような男の声が響《ひび》く。他の声がなだめるように続いた。

「ハロルド殿下の御子《みこ》として正式に賜《たまわ》った御領ですからね……謀反《むほん》人の妻になった母親を持つ子どもにふさわしくないという声が議会で出ましたが、大公が退けたそうですね」

「このままでは私は破滅《はめつ》だ。なんとかしなければ――」

「例の件、大公はどうやら本気らしいですね。視察に行くとか」

「そうなのだ。まったく小賢《こざか》しい。若いだけの頼《たよ》りない大公かと思えば、妙《みょう》なところで鼻が利《き》くのだからな」

さっきから怒《おこ》っている男が、いまいましそうに声を荒《あら》げる。急にリヒャルトのことが出てきて、ミレーユは息を呑んで耳を澄《す》ませた。

「まったく。これでアルテマリスの後ろ盾《だて》がなければ、こんなに我慢《がまん》をすることもなかったんだがな。あんな若造の機嫌《きげん》をとるなど冗談《じょうだん》ではない」

「仕方がありませんよ。アルテマリスに逆らうわけにはいきませんからねぇ」

「お一人では何もできない大公様ですから」

他の者たちも追従《ついしょう》するように同意する。彼らの声には侮蔑《ぶべつ》に近いものが込められていた。

こういう場面には覚えがある。アルテマリスの王宮で、フレッドの身代わりをやっていた頃《ころ》。

復帰したフレッドに見舞《みま》いの言葉を述べながら近づいてきた貴族たちや、こそこそと陰《かげ》に隠《かく》れてフレッドやリヒャルトの悪口を叩《たた》いていた者たちと、同じ口調だ。

（何言ってんの、この人たち……。リヒャルトがどれだけ頑張《がんば》ってると思ってんのよ！）

どこにでもこういう輩《やから》というのはいるのだ。宮殿《きゅうでん》という場所柄《ばしょがら》それは避《さ》けられない——そうは思ってもやはり悔《くや》しく、拳《こぶし》を握《にぎ》りしめて顔をあげる。

「……っ！」

突然《とつぜん》ぐっと肩《かた》をつかまれ、無意識に飛び出そうとしていたミレーユは我に返った。

背後でロジオンが冷静な顔で小さく首を振《ふ》る。ミレーユは唇《くちびる》を噛《か》み、うなずいた。

促《うなが》されるままその場を離《はな》れ、建物を出ると、荒《すさ》んだ目をして盛大に息をついた。

「…………耐《た》えたわ」

「ご立派です」

かしこまってロジオンが言うが、ミレーユは怒《いか》りが収まらない。こんな時、思いきり小麦粉をぶっ叩けたらどんなにすっきりするだろうか。

「ああもうっ、腹立つ！　でもとりあえず今は授業に行くわ！」

無理やり気持ちを切り替《か》えて、走り出そうとした時だった。

「あのー。すみません」

聞き覚えのある声に背後を見やると、ギルフォードが急ぎ足でやってくるところだった。

「よかった、追いつけて。お話があって、捜していたんですよ」

「え……？　わたしにですか？」

ロジオンが警戒《けいかい》したのがわかったので、ミレーユは急いで制し、ギルフォードに向き直った。

わざわざ追いかけてきたなんて、一体どんな大事な用だろう？

「お祖母様に聞いたのですが、例の結婚契約書《けっこんけいやくしょ》がなくなって、捜していらっしゃるとか」

「はい、そうなんです。それがなにか？」

彼は少し躊躇《ためら》うように目を泳がせ、口を開いた。

「……僕が持ってるんです」

「えっ？」

「その結婚契約書……僕の手元にあります」

ミレーユはその言葉を頭の中で繰《く》り返し、遅《おく》れて目をむいた。

「ええっ！　どうしてギルフォードさまが!?」

「それが、僕にもよくわからないんです。ある日、突然送りつけられてきて……。差出人もその意図もわかりません。エセルはきっと困っているだろうけど、でもこれを僕が持っていると知れて、あの子とこれ以上気まずくなるのが怖《こわ》くて……誰《だれ》にも言えずにいたんです……」

目を伏《ふ》せてぽつりぽつりと打ち明ける彼を、ミレーユは息を呑んで見つめた。確かに突然そんなものが送られてきたら驚くだろう。あの契約書を書いたのはオズワルドだが、署名はギルフォードの名でされていた。盗《ぬす》まれたそれを彼が持っていると明るみに出れば、どんな疑いをかけられるかわからない。

「もちろん、僕は悪意あって黙《だま》っていたんじゃありません。エセルと気まずくならないように戻すにはどうしたらいいかと考えていたんです。でもあなたが一生懸命《いっしょうけんめい》捜しておられると聞いて、これ以上隠しておけなくて……」

「そうだったのですか……」

ギルフォードがリヒャルトに疑われ、兄弟仲がこれ以上ぎくしゃくすることは、本人たちが一番望んでいないはずだ。ミレーユはキッと表情を引き締《し》めた。

「わかりました。なんとかうまく戻せる方法を考えてみますから、わたしに契約書を預けていただけませんか？」

「ええ……ここにはないから、また後日に渡《わた》します」

「はい。じゃあ、今日のところはこれで。教えていただいてありがとうございました！」

お礼を言うと、ギルフォードはどこか困ったような笑《え》みでうなずいた。後ろめたそうに彼が目をそらしたのも気づかず、ミレーユは踵《きびす》を返して走り出した。

「全然駄目《だめ》だ――!!　どれだけ頭が悪いんだおまえは!?」

「ぎゃっ」

試験の採点が終わるなり怒鳴《どな》りつけられ、考え事をしていたミレーユは悲鳴をあげた。

答案用紙をやけくそのようにばらまいたラウールが鬼《おに》のような顔で叫《さけ》ぶ。

「ちょっとその頭の中を見せてみろ！　何か変な生き物が巣くっていておまえが覚える知識を片《かた》っ端《ぱし》から食ってるに違《ちが》いない！」

「無茶《むちゃ》言わないでくださいっ！　ていうか怖いこと言わないで！」

彼の授業では毎回試験が行われ、そして毎回宿題が山ほど出される。自分では必死にやっているつもりなのだが、どうやら先生のお気に召《め》すような結果は出せていないらしい。

しかも今はギルフォードと結婚契約書のことで頭がいっぱいだったのだ。芳《かんば》しい結果が出せるはずもなかった。

「でも先輩《せんぱい》、最初のほうに比べたら点数あがってきてますよ。ちゃんと二桁《けた》だし」

答案を拾ったアレックスが取りなした。助手の彼も二人の間に入ってなかなか大変なのだ。

「何を言ってる。大公妃《ひ》なら毎回満点取るのが普通《ふつう》だ。むしろ満点以上を取れ！」

「なにその無茶な要求！　ちょっと先輩っ、ほんとに大公妃にするつもりあるんですか⁉　ていうか女ってわかってるんですかっ」

いくら出来が悪い教え子とはいえあんまりな扱《あつか》いな気がして抗議《こうぎ》すると、ラウールは眉《まゆ》を寄せてミレーユを眺《なが》め、冷めた目つきになって本日の宿題の準備にとりかかった。

「おまえに色気がなさすぎるせいか、殿下《でんか》と色恋沙汰《いろこいざた》の関係にあるのがいまいち現実感がなくてな。よっておまえに対しても大公の許嫁《いいなずけ》という認識《にんしき》がもてない。自業自得《じごうじとく》だ、諦《あきら》めろ」

「なにそれっ！」

「あー、わかる。婚約者《こんやく》とかいうより、仲良しの兄妹《きょうだい》って感じ」

抗議しようとしたミレーユは、アレックスにまで同調されて目をむいた。確かに一時はリヒャルトのことを兄のように思っていた時期もあったが、さすがに今とあの頃とでは違うのに。

しかしラウールは思案するように首をひねり、さらに続けた。

「違うな。もっと別の空気……若い父親と娘《むすめ》、とかか」

「親子⁉」

言われてみればたまにお父さんっぽい時はある。包容力もあるし、背中を見るとついおぶさりたくなることもしばしばだが、それにしても親子はひどい。

あまりの評されように呆然《ぼうぜん》として口をぱくぱくさせていると、なおも考えていたラウールが納得《なっとく》したような顔つきで言った。

「いや、あれだ。孫を溺愛《できあい》するじいさんだ」

「じっ……⁉」

「そんな感じだったぞ。殿下のおまえを見る目つきは」

ミレーユは愕然《がくぜん》として彼を見返したが、すぐさまキッと目をつりあげた。

「それはひどすぎます！　落ち着いて見えるけど、殿下はまだぴっちぴちの二十歳《はたち》なのよ！　先輩よりうんと年下なんですから！」

「怒るところそこでいいのかよ」

アレックスが呆《あき》れたように突《つ》っ込む。ミレーユの抗議も聞く耳もたないふうで腕組《うでぐ》みしていたラウールが、名案を思いついたように珍《めずら》しく喜色を浮《う》かべた。

「よし、これだ。『きかん気の愛玩《あいがん》犬と、それを愛《め》でる飼い主』。——おまえは主人に構われて喜ぶ犬だ！」

「んなっ……！」

ミレーユは目と口をまん丸にして絶句した。ついに人間ですらなくなってしまうとは。

「感情表現が犬なんだよ、おまえは。嬉《うれ》しい時は尻尾《しっぽ》をぶんぶん振って殿下にまとわりつくし、いつでもどこでもキャンキャンやかましいし。おまえもロジオンも忠犬って感じだもんな。だから気が合うんだろ」

ラウールは自分の表現に悦に入っている。ミレーユが黙り込んだのを見て、さすがにアレックスが取りなした。

「いや、そういうわかりやすいところを好きなんじゃないの、殿下は。な、ミシェル」

「……」

「他《ほか》のことには冷静っていうか淡泊《たんぱく》なのに、君のことになるとデレッデレだしさ……って、聞いてる？」

青ざめて頬《ほお》を包み、ミレーユはうめいた。

「確かに、そんな気がしてきた……」

「おいおい。そこはきっぱり否定するところだろ」

「いつも餌付《えづ》けとかされてたし……あたしたちって全然恋人《こいびと》って感じしないし、ほんとに、犬と飼い主なのかも……」

「気をしっかり持てって！　影響《えいきょう》されやすいにも程《ほど》があるだろ、君」

面食《めんく》らったようにアレックスがなだめるが、ミレーユはそれどころではなかった。

自分に色気がないのは重々わかっていたものの、さすがにそこまで言われては動揺《どうよう》せざるを得ない。よく考えるとラウールの指摘《してき》は的確な気がする。リヒャルトは優《やさ》しいから、恋人に色気がないことにも不満を表せないのではないだろうか？

「先輩！　色気ってどうやったら出せるんですか!?」

「知るか。殿下に教えてもらえ」

「アレックス、どうしよう！」

「僕に訊《き》くなよ！　僕は乙女《おとめ》な話題は不得手なんだよ」

ラウールはにべもなく切り捨て、アレックスは少し顔を赤くして身体《からだ》を退《ひ》く。頼《たよ》りにならない二人に、ミレーユはわなわなと震《ふる》えながらその場に立ちつくした。


「お色気を出す方法……ですか？」

教科書を積み上げて待ち受けていたアリスは思わぬ第一問に驚《おどろ》いたようだったが、すぐさま赤い唇《くちびる》に笑みを浮かべた。

「それはもちろん、いろいろな方法がございますけれど……」

「ぎゃっ……、ほ、本当ですか⁉　ぜひ教えてください、ていうか弟子《でし》にしてください！」

件《くだん》のお色気目力攻撃《めぢからこうげき》をくらってビリビリしながらも、拝《おが》み倒《たお》さんばかりにミレーユは身を乗り出す。乙女たるもの、犬と飼い主とまで言われては本気を出さないわけにはいかない。しかもこんなに素晴《すば》らしいお手本がいるのだから頼らないなんてもったいない。

あまりの必死さに心を動かされたのか、ミレーユが一部始終を話すとアリスは納得したようにうなずいた。

「可愛《かわい》い方にそこまでお願いされては……。わかりましたわ。ぜひお力にならせていただきましょう。わたしが若い頃《ころ》使っていた教科書がありますから、あとでお貸ししますわ」

「ありがとうございます！」

ミレーユは頬を上気させた。アリスはなんだか下町時代の恋愛《れんあい》の師匠《ししょう》に少し似ている。これからは彼女を師と仰《あお》ぐことにしよう。

（……ん？）

気合いを入れつつ教科書の準備をしていると、ふと視線を感じた。見ると、扉《とびら》の隙間《すきま》からジェラルドがのぞいていた。アリスの授業に彼も同行してきていたらしい。だが目が合った彼は慌《あわ》てたように逃《に》げていってしまった。

アリスも気づいたらしく、困ったように眉をひそめてミレーユを見つめてきた。

「あの子、ミレーユ様に何か失礼をしておりませんかしら。大公殿下に多大なる憧《あこが》れを抱《いだ》いているようで、隙あらば近づいてお父様呼ばわりしようとしているものですから。許嫁のミレーュ様を恋敵《こいがたき》のように思っているかもしれません」

「いえ、何もされてませんけど。でもお可愛らしいですね、ジェラルド殿下」

昔のリヒャルトそっくりな利発そうな顔立ちを思い出してぽうっとしていると、アリスは少し複雑そうに笑った。

「あの子は生まれてまもなく父親を亡《な》くしていますし、二度目の父となった人にもまったく顧《かえり》みられず、それどころか人質《ひとじち》のような扱いをされていましたから……大公殿下がまぶしく映るのでしょう。憧れる気持ちもわかる気がしますの」

「あ……」

なんと応《こた》えればいいかわからずミレーユは口ごもった。リヒャルトの祖父である第五代大公ハロルドの第八夫人だった彼女は、『大公の妻は再婚《さいこん》できない』という慣例を破ってオズワルドと二度目の結婚《けっこん》をしている。踊《おど》り子出身でありながら二人の大公に望まれて妃《きさき》になったという経緯《けいい》や、最近まで幽閉《ゆうへい》されていたことも含《ふく》め、つらい立場に耐《た》えてきたことだろう。

「あら、いけない。可愛い方にそんなお顔をさせるなんて、年上の女失格ですわね。ふふ、申し訳ありません。素敵なものを差し上げますから、お気持ちをあらためてくださいませ」

アリスはたおやかに片目をつぶってみせ、ずずいと顔を近づけてきた。

「きっとミレーユ様のお役に立つかと思います。わたしが若い頃に師からいただいた……その名も『新婚虎《しんこんとら》の巻』ですわ」

「し……新婚、虎の巻……!?」

固唾《かたず》を呑《の》んで繰《く》り返したミレーユの耳に、アリスは妖艶《ようえん》な笑《え》みになって唇を寄せる。

「ミレーユ様。殿方《とのがた》というのは、女性の普段《ふだん》と違う一面に弱いものです。これを実行なされば大公殿下《でんか》もイチコロですわ。ふふ……」

「イチコロ……！」

魅力《みりょく》的な謳《うた》い文句《もんく》に、ミレーユは思わず目を輝《かがや》かせた。それを手にすればきっと色気も手に入れられるはずだ。もう犬と飼い主だなんて誰《だれ》にも言わせはしない。

「ふふ……。殿下はお幸せですわね。ミレーユ様のような方がお傍《そば》にいてくださって。なんというか、育てる楽しみがあると申しましょうか……むしろわたしがお育てしたいというか」

「えっ。いや、そんな……、何も役に立つようなことできてないですし、さっきだって、殿下の陰口《かげぐち》を言ってる人に注意もできなかったし」

状況《じょうきょう》的に仕方のない面もあったが、それでもリヒャルトの陰口を聞き流さなければならないのは不愉快《ふゆかい》でたまらなかった。思い出して悶々《もんもん》としていると、アリスは同意するようにうなずいた。

「なかなか難しいですわね……。正義だけがまかり通るところではありませんものね。それを乗《の》り越《こ》えられる強さがあればと、わたしも何度も思ったものです。本当に、太后《たいごう》殿下には尊敬と憧れの念が堪えませんわ」

マージョリーはアリスとジェラルドを度々館《たびたびやかた》に招き、茶会を催《もよお》しているという。現在の宮廷《きゅうてい》で微妙《びみょう》な立場に置かれている二人を堂々と庇護《ひご》することで、風当たりを弱めようとしているのだ。大公の立場ではなかなか難しいことも、彼女なら――大公の正妃であった人なら代わりにやることができる――。

（あたしもそんなふうにならなきゃいけないのね……。陰口に怒《おこ》ってるうちは修業が足りないってことかしら）

けれどもこんな自分でも頼ってきてくれた人がいる。ギルフォードのことを思い出し、ミレーユは気持ちをあらためると、授業に臨《のぞ》んだのだった。

授業が終わると、ミレーユは館に戻《もど》るアリスに同行した。もちろん新婚虎の巻を借りるためである。

のどかな菜園の傍に建つ館まで来ると、アリスは何か気づいたように鋭《するど》く畑のほうを見た。

「……ちょっと失礼しますわ」

言うなり足早に菜園へ入っていった彼女は、豪快《ごうかい》に大根を二、三本引き抜《ぬ》くと、あやしく笑いながら振《ふ》り返った。

「ふふ……。思ったとおり食べ頃《ごろ》ですわ。よかったらお持ちになりません？」

「え？　この畑、アリスさまのなんですか？」

「正確には宮殿のものですけれど、この一角をお借りして栽培《さいばい》しておりますの。あら、この青菜もよさそうですわね」

ドレスの裾《すそ》が汚《よご》れるのも構わず、アリスはさくさくと慣れた様子で野菜を収穫《しゅうかく》していく。いつもの大人の色香《いろか》漂《ただよ》う彼女との落差に呆気《あっけ》にとられていたミレーユは、はっと息を吞んだ。

「アリスさま、もしかして……誰かに意地悪されてごはんを止められてるんですか⁉」

そうでもなければ仮にも大公家一族に名を連ねる人が自給自足の生活を送っているわけがない。貴族たちの陰口に出てきた『領地没収《ぼっしゅう》』という言葉が浮《う》かんで固唾を吞んだが、アリスはあっさりと否定した。

「いいえ、わたし自炊《じすい》しているのです。宮殿のお食事はとてもおいしいのですが、この歳《とし》になると胃にもたれるようになりまして……。それにあまり贅沢《ぜいたく》をしすぎるとお肌《はだ》にもよくありませんし。美をきわめるためにはいろいろと大変なのですわ、ミレーユ様」

「ははあ……なるほど」

収穫したての大根や人参《にんじん》の入ったカゴを差し出すアリスに感心しながらミレーユはそれを受け取ろうとしたが、彼女がふと遠くのほうに目をやったのでつられてそちらを振り返った。

菜園の向こうを騎士《きし》団の制服を着た者が走っていく——と思ったら、なんとフレッドである。やけに楽しげにアハハと笑いながら時折背後を振り返りつつ駆《か》けていった彼を、後ろからジェラルドが何か投げつけながら猛然《もうぜん》と追っていくのが見えた。いつの間にか一人でこちらに戻っていたらしい。

(……？　なに遊んでるのかしら)

ほんの束《つか》の間の出来事に眉を寄せていると、アリスも気づいたのか苦笑《くしょう》した。

「実はあの子、エルミアーナ殿下にホの字なんですの。それでエルミアーナ殿下の王子様に焼きもちをやいて、ああして追いかけているのですわ」

「えーっ。そうだったんですか！」

「しかも今回の王子様は、あのベルンハルト伯爵《はくしゃく》でしょう？　いつになく乗り気な王子様ということで、あの子もハラハラしているのでしょう。それで目の敵に」

「なるほど……」

納得《なっとく》がいくと同時に微笑《ほほえ》ましさがこみあげる。ジェラルド本人にとっては笑い事ではないのだろうが、なんだか彼の恋心《こいごころ》を見守りたくなった。

「……あれ。アリスさまはうちの兄をご存じなんですか？　今、ベルンハルト伯爵って……」

フレッドは現在この宮殿では伯爵として活動していない。シアラン宮廷の人には素姓《すじょう》が知られていないはずなのにと思っていると、彼女は謎《なぞ》めいた笑みを浮かべた。

「伯爵とは以前から親しくさせていただいておりますの。この宮殿でも幾度《いくど》となく二人で冒険《ぼうけん》をいたしましたわ。あんなことやこんなことも……ふふ、いけない。二人の秘密でしたわ」

「なっ、何をしたんですかっ？」

彼女が言うと必要以上にいけない妄想《もうそう》をしてしまいそうになるので危険だ。ごくりと喉《のど》を鳴らすミレーユに微笑んで流し目を返し、アリスは再び館へと促《うなが》した。

「いけない、お手が汚れてしまいましたわね。——すぐにお清めの用意を」

出迎《でむか》えた家令らしき男性がうなずき、ミレーユをちらりと見て奥へ入っていく。虎の巻を持ってくるといって中へ向かうアリスを、ミレーユはわくわくしながら見送った。

無事に虎の巻を受け取ったミレーユは、私室に戻る道すがら早速《さっそく》それを開いた。

「妃は大公殿下に安らぎを与《あた》えるのも仕事なのよね。それでこれを今日から毎日やってみようかと思うんだけど、どう？　男の人から見て、安らげそうな感じ、する？」

中を見てみるとなかなかきわどい台詞《せりふ》もあって最初は尻込《しりご》みしたのだが、アリスいわく「殿下は紳士《しんし》でいらっしゃるので本気に取って変なことはなさらないでしょう。でもきっと喜ばれるはずですわ」とのことだったため、安心して実行することにしたのである。

(言われてみれば、最近リヒャルトはべたべたしてこない……。控《ひか》えめにしてって言ったのを聞き入れてくれたんだわ。やっぱり紳士よね！)

感動していると、渡《わた》された虎の巻を無言で読んでいたロジオンが真顔で顔をあげた。

「素晴《すば》らしい台詞集です。間違《まちが》いなく若君はお喜びになると思います」

「ほんと？　よかった、じゃあさっそくやってみるわ。協力してね、ロジオン」

「は」

同性であるロジオンのお墨付《すみつ》きまで得たことに心強さを感じ、ミレーユはやる気満々で部屋へと向かった。

(問題はいつ仕掛《しか》けるかよね。まさか執務《しつむ》室でやるわけにもいかないし……)

リヒャルトは時々部屋に訪ねてきてくれるが、夜中しか時間がとれないらしくミレーユはいつも寝《ね》てしまった後だ。執務室で顔は毎日のように見ているものの、そういえばもうしばらくまともに会話をしていない。それを思い出し、うーんと考え込みながら居間の扉《とびら》を開ける。

「おかえり」

「わあ！」

一歩入るなり正面の長椅子《ながいす》からリヒャルトが笑顔《えがお》で出迎えたので、ミレーユは仰天《ぎょうてん》して飛び上がった。

「え……あれ？　ここ、あたしの部屋……」

「そうですよ。おかえりなさい」

部屋を間違《まちが》えたかときょろきょろしていると、立ってやってきたリヒャルトが手を引いて中に導いた。そのまま案内されてミレーユは彼と一緒《いっしょ》に長椅子に座った。

「今日はもう予定が入っていないから、来てしまいました。これからは週に何度かはこちらに泊《と》まることにします。そうでもしないと話す機会が取れないし」

「本当？」

ミレーユは声をはずませた。では、人目を気にすることなくここでゆっくり話ができるのだ

——と笑顔になったが、ふと気づいた事態に目を瞠《みは》る。

「えっ。泊まる……!?」

「ええ、あちらの部屋に」

あっさりとリヒャルトはミレーユの寝室《しんしつ》の向かい側の扉を指さす。確かにあの部屋は空き部屋だ。一瞬《いっしゅん》でも妄想してしまったことが恥《は》ずかしく、しかしほっとして息をつく。

（……ん？　今の状況って、リヒャルトを安らがせる絶好の機会じゃないの！　よーし……）

見れば、前のテーブルには空になったカップがある。ミレーユはぎらりと目を光らせた。

「──リヒャルト、喉渇《のどかわ》いてない？　お茶とか飲みたいわよね？」

「え？　ああ、そうですね。じゃあアンジェリカに──」

「いや、あたしが淹《い》れて差し上げます！」

急いで制し、ミレーユはポットをつかんだ。淹れると言ってもすでに入っている茶をカップに注ぐだけなのだが、いつもは逆にやってもらう側だった。緊張《きんちょう》しながら茶を注ぎ、カップを差し出して、にこっと笑ってみせる。

「どうぞ、殿下《でんか》」

「……？　ありがとう」

リヒャルトは不思議そうな顔をしつつも笑みを返してくれた。カップを口に運ぼうとする彼に、ミレーユはさらに笑顔で続ける。

「肩《かた》をもみましょうか？　お仕事で疲《つか》れてるでしょ？」

「どうしたんですか、そんな敬語で。怖《こわ》いですね。やめてくださいよ」

苦笑するリヒャルトの背後に回り、ミレーユは素早《すばや》く『新婚虎の巻』を開いた。

（今は夜だし、時間的に……あ、これがいいかも！）

目をつけた台詞を頭にたたき込み、茶を飲む彼の肩をもみほぐしながら切り出す。

「ねえ、殿下」

「はい？」

「一緒に、お風呂《ふろ》入る？」

「湯加減を見てまいります」

リヒャルトより先にロジオンが反応した。一拍遅《いっぱくおく》れてリヒャルトがぶはっと茶を噴《ふ》いた時には、彼はすでに風のように部屋を出ていった後だった。

げほげほとむせ返る主《あるじ》を心配するどころか、嬉《うれ》しそうにアンジェリカも踵《きびす》を返す。

「ではわたくしはお道具の準備を！」

「アン！　そういうのはいい」

「あら。お道具はナシの方向で？　はーいわかりましたー」

むせながらもこちらはなんとか止めたリヒャルトに、アンジェリカは残念そうに足を止める。

「道具って、なんの？」

「気にしなくていいから」

慌《あわ》てたように制され、ミレーユがきょとんとしていると、顔を背《そむ》けるようにして咳《せ》き込んでいたリヒャルトがため息をつきながら目線を戻《もど》した。

「……ミレーユ。意味をわかってないのに、そんなことを言っちゃ駄目なんですよ」

たしなめるように言い含《ふく》める彼を、ミレーユはまじまじと見つめた。

（あんまり嬉しそうじゃない……。なんか焦《あせ》ってるっていうか、呆《あき》れてる？　そっか、初心者にはまだ早すぎたんだわ、この台詞……）

そもそもこの台詞集は、もっとお色気たっぷりの大人の女性が駆使《くし》してこそ有効なのではないのだろうか。色気のない自分が使ったところで通じるわけがない——とがっかりしたミレーユだったが、とある秘策を伝授されたことを思い出し、目を輝《かがや》かせた。

「そうだ！　アリスさまに教えてもらったの。巨乳《きよにゅう》になれる二十の方法！」

ぎくっとしたように目を見開くリヒャルトの横で、アンジェリカが「まあ素敵《すてき》！」と笑顔でペンと帳面を構える。

「アリスさまも十代の頃《ころ》は普通《ふつう》だったんですって。でもこれを実行したらみるみる大きくなったって。これであたしも憧《あこが》れの巨乳になれるはずよ！」

「……まだ諦《あきら》めてなかったんですね……」

「当たり前じゃない！　あれってすごく寝心地《ねごこち》いいのよ？　ママとシェリーおばさんで試《ため》したから間違いないわ。あれが手に入ったら……フフフ……」

巨乳になった自分を想像してほくそ笑むと、ミレーユは「待ってて、今持ってくるわ！」と寝室へ駆《か》け込んだ。

残されたリヒャルトは、ぐったりと長椅子にもたれ、片手で顔を覆《おお》った。

「誰《だれ》かあの人を止めてくれ……。この調子じゃ俺は一年ももたない」

「若君、お気を確かに！」

励《はげ》ましながらもアンジェリカはどことなく嬉しそうだ。「たじたじの若君も素敵ですわ～」

としっかり日記帳にペンを走らせ、ふと感極《きわ》まったように目頭《めがしら》を押さえた。

「それにしてもミレーユさまったら、なんて健気《けなげ》でいらっしゃるのでしょう。若君のために巨乳になろうとあんなにも涙《なみだ》ぐましく頑張《がんば》っておられるなんて……」

「いや……、自分のためだと思う」

「未来のご夫君の寝心地のことまで考えていらっしゃるなんて。アリス様から夜のお勉強も熱心に受けておられると聞いていますわ。間違いなく素晴らしい奥方様になられますわね」

感動したようにアンジェリカは目をうるませてうなずいている。リヒャルトは口元を覆ってため息をついた。自分のところにもそういう報告は入っているが、やたらやる気満々な姿勢をどう受け止めてよいものか――やめろと言うわけにもいかないし、いまいち反応に困る頑張りぶりである。

「たぶん本人もよくわかっていないまま斜《なな》め上に張り切ってるだけだ。あの人にそんな思惑《おもわく》が持てるわけがない」

「もうっ、若君ったら。近頃《ちかごろ》少し積極性に欠けておいでではありませんの？　いつ夜這《よば》いをかけていらっしゃるやらと観察日記片手に毎晩待ちわびておりますのに、ちっとも行動を起こそうとなさらない。言ってくだされればいつでも寝室へ手引きいたしますのにっ」

「なんてことを企《たくら》んでいるんだ……」

見当違《けんとうちが》いの苦情を言われリヒャルトが眉《まゆ》をひそめてため息をついた時、勢いよく扉が開き、ロジオンが息を切らせて帰ってきた。

「若君。湯加減はちょうどよい頃合《ころあ》いでした」

「それはもういいから……」

可愛《かわい》い許嫁《いいなずけ》と忠実すぎる部下と必要以上に協力的な侍女《じじょ》。こんなに恵《めぐ》まれた環境《かんきょう》にいるのに、耐《た》えなければならないなんて——とリヒャルトが世の無常を感じていると、今度はミレーユが困ったような顔をして帰ってきた。

「おかしいわねー、どこにも見当たらないの。どこかに置き忘れちゃったのかしら」

「……ミレーユ。それはいいから、ちょっとここに座って」

「え、うん」

力なく手招きされ、ミレーユは言われるままリヒャルトの隣《となり》に座った。ため息をついている彼はどことなく疲れた顔をしている。それに気づいて、とりあえず巨乳のことは頭から追い出すことにした。

「やっぱり、疲れてるみたい。仕事が大変なの？　もう一回肩もみしようか？」

リヒャルトは気を取り直したように微笑《ほほえ》んで視線を向けてきた。

「仕事は大変だし、疲れてもいますが、あなたの顔を見たら元気になりました。だから肩もみはいいです。後ろに行かれたら顔が見えないから」

「そう？　あっ、じゃあ、膝枕《ひざまくら》！　それならいいでしょ」

「いや……それはちょっと……いいのかな」

次なる虎《とら》の巻の技《わざ》を繰《く》り出すべく周囲を見ると、座っている長椅子《ながいす》は片側しか肘置《ひじお》きがない。リヒャルトの足ははみ出てしまうが、なんとか膝枕はできそうだ。なぜか躊躇《ためら》っているような彼をミレーユは強引《ごういん》にその体勢にさせた。

「遠慮《えんりょ》しなくていいのよ！　別に重くないし。あ、でもフレッドよりはちょっと重いかも」

最初は居心地《いごこち》が悪そうにしていたリヒャルトも、その言葉には笑って見上げてきた。

「フレッドも膝枕したことがあるんですか？」

「う……あの子の場合、勝手に膝にすべりこんでくるのよ。したくてやったわけじゃないわ」

「ふうん。じゃあ、フレッド以外の男は？」

「そんなのないわ。知らない人の頭が膝に載《の》るなんて、気持ち悪いじゃない。——あ、リヒャルトはいいのよ。一応、こ、恋人《こいびと》だから」

「一応？」

リヒャルトは目を細めて笑う。明かりの下にあると瞳《ひとみ》の色がいつもより透《す》き通って見えるのだと初めて気がついて、ミレーユは少しどきっとした。

「ううん……ほんとの恋人」

言い直すと、彼はしばし黙《だま》ったが、ふいに起き上がった。

「今度は俺があなたを膝枕します」

「えっ!?　な、なんで？　それはちょっと、恥《は》ずかしいんだけどっ」

「どうして？　これもフレッドとしたことあるんでしょう？」

「あるけど、でも身内だから平気だっていうか……っ、ロジオンの時だってすごい恥ずかしかったしっ！」

リヒャルトが目を見開いて動きを止めた。奇妙《きみょう》な間が流れた気がして、ミレーユはきょとんとして彼を見返した。

「いや、別に変なあれじゃなくて……。川で溺《おぼ》れた時の話よ。目が覚めたらロジオンを枕《まくら》に寝《ね》てただけで」

「──ロジオン……」

「申し訳ございません」

恐縮《きょうしゅく》したように謝るロジオンの横では、アンジェリカが緊迫《きんぱく》の眼差《まなざ》しでペンを握《にぎ》っている。

「まさかここで禁断の三角関係に!? しかも相手は小兄様《ちいにいさま》なんて……意外な展開ですわ！」

「申し訳ございません」

もう一度詫《わ》びると、ロジオンはアンジェリカを引きずって素早《すばや》く部屋を出ていった。

何事かと見送ったミレーユは、ぐいと腕《うで》を引き寄せられ驚《おどろ》いてそちらを見た。座り直したリヒャルトがどことなく不満そうな顔をして見ている。

「俺より先にロジオンとするなんて、ひどいな。結婚《けっこん》したら思う存分膝枕しますからね」

「だから別にロジオンとのあれは……ていうか、今すればいいんじゃない？ ちょっとくらいならあたしもがんばるけど」

強気なのか遠慮深《えんりょぶか》いのかよくわからない宣言をされ、不思議に思って見つめると、リヒャル

トは目をそらした。

「……今は駄目です」

「なんで？」

「とにかく……今はできないんです。ちょっと、いろいろ事情があるので」

よくわからないながら彼は少し困っている様子だ。作戦が失敗したことを悟《さと》り、ミレーユはがっかりして肩《かた》を落とした。

「わかったわ。どうにかして安らいでほしかったけど、今のあたしには時期が早すぎたのよね。もっと色気をたくわえてからまた挑戦《ちょうせん》するわ……」

「すみません、ミレーユ……。風呂《ふろ》の件は結婚してからちゃんとやりますから」

「やるの!?」

紳士《しんし》だから本気にしないのだと思いきや、きっちり受け止めていたらしい。膝枕の件といい、彼の中では結婚後のやること目録がすでに出来上がっているのだろうか。

「でも、その気持ちは嬉《うれ》しいですよ。――じゃあ一つお願いしてもいいですか？」

リヒャルトは気を取り直したように微笑むと、ミレーユの耳に口を寄せた。


翌朝早く、ミレーユはリヒャルトの要望に応《こた》えるため彼の寝室《しんしつ》へと入った。

(明日の朝起こしにきて、だなんて。そんなのお安いご用よ。虎の巻も持ってきたし)

元・パン屋の娘《むすめ》は、早起きは得意中の得意なのである。

寝台《しんだい》と書き物机があるだけの室内は、早朝ということもあって薄暗《うすぐら》い。足音を立てないように奥の寝台に近づいてみると、リヒャルトが寝息《ねいき》を立てていた。乱れた髪《かみ》が顔にかかって、いつもきちんとしている彼とは別人のような印象がある。

「リヒャルト、起こしにきたわよー。もう朝よー」

軽く肩を揺《ゆ》さぶって声をかけると、リヒャルトはごろりと寝返りを打った。横向きになった彼は眠《ねむ》そうなかすれ声でつぶやいた。

「新妻《にいづま》っぽく起こして……」

「に、新妻？」

予想外の要求だ。彼は寝起きが悪いと聞いているが、これもその一環《いっかん》だろうか？

ミレーユは急いで虎の巻を繰った。すぐに『朝の起こし方』項目《こうもく》を見つけたが、そこに記されていた想像以上の過激な台詞《せりふ》に思わず顔を赤らめる。

(なにこれ、新婚夫婦《しんこんふうふ》ってこんなふうにやるの？　いや、でもそういうものかも……)

仕方がない、恥ずかしいがこれも妻の務めだ。気を取り直して咳払《せきばら》いすると、ミレーユはにこっと笑《え》みを作った。

「あ、な、た～。朝ですよ～。お寝坊《ねぼう》さんですね～。起きてくださ～い」

虎の巻に書かれた指示通りなるべく可愛い声を心がけて言うと、リヒャルトが一瞬《いっしゅん》噴《ふ》き出しそうな顔をしたように見えた。しかしすぐに元の寝顔に戻《もど》ったので、おそらく見間違《みまちが》いだろう。

気にせずミレーユは虎の巻を確認《かくにん》すると、決め台詞を吐《は》いた。

「起きないと……キスしちゃうぞっ」

ぎょっとしたようにリヒャルトは目を開けた。

がばりと勢いよく飛び起きた彼にミレーユは目を丸くする。しかし彼は彼でひどく驚いたらしく、しばしミレーユを凝視《ぎょうし》した後、深々とため息をつきながら片手で顔を覆《おお》った。

「危なかった……これじゃ墓穴《ぼけつ》だ」

「なにそれっ⁉」

「すみません、調子に乗りすぎました。もう寝たふりで起こしてもらおうなんてしませんから」

「狸寝入《たぬきねい》りだったの⁉ 意味わかんないんだけど！」

わけがわからずかみつくミレーユと弱り切った顔で弁解するリヒャルトは、アンジェリカにひそかに観察されているとも気づかず、朝っぱらから仲良く喧嘩《けんか》したのだった。


茶会に遅《おく》れて現れた男に、着席するや婦人たちの注目が一斉《いっせい》に降り注いだ。

「――例の件はちゃんとミレーユに伝えたのでしょうね？ ギルや」

「ええ……結婚契約書《けっこんけいやくしょ》は僕の手元にあると、確かに伝えました」

躊躇《ためら》うように目を伏《ふ》せ、ギルフォードは答える。向かいに座った貴婦人は満足げに扇子《せんす》をゆったりと煽《あお》いだ。

「よくってよ。ミレーユは何か言っていた？」

「なんとかうまく自分が戻すからと……。おまけにとても使命感に燃える目で熱くお礼を言われてしまいました」

「ほほほ。可愛《かわい》いこと」

さざなみのような笑い声が広がる。同席する女官らのそんな反応と裏腹に、ギルフォードは困惑《こんわく》の眼差しで顔をあげた。

「お祖母《ばあ》様、本当にこんなことをしていいのでしょうか。こんな——ミレーユさんを罠《わな》にはめるような真似《まね》、エセルが知ればどんなに怒《おこ》るか……」

「一旦《いったん》わたくしに加担したからにはおまえも共犯よ、ギル。まだミレーユに契約書を渡《わた》すという役目が残っているのですからね。しっかりなさい」

カップをテーブルに戻し、マージョリーはおっとりと続ける。

「それで、ミレーユはまだエセルに契約書のことを話していないのね？」

「ええ、そうみたいでした」

「太后殿下《たいごう》」

ふいに遮《さえぎ》るようにクライド夫人が声をあげた。ぴんと背筋を伸《の》ばしたまま彼女は扉《とびら》のほうへ視線だけ動かした。

「外に何者かの気配がいたしました。追わせましょうか」

「よくてよ。可愛らしい子猫《こねこ》でもいたのでしょう。放っておきなさい」

マージョリーは扇子から目だけをのぞかせ、微笑《ほほえ》んでつぶやいた。

「――二人とも、いけない子ね……」


数日後、宮廷《きゅうてい》で小さな夜会が開かれた。

異国から贈《おく》られた絵画や美術工芸品のお披露目《ひろめ》という名目ではあったが、その後は舞踏会《ぶとう》も行われることになっている。要は貴族たちの息抜《いきぬ》きの宴《うたげ》だ。

男物の貴族の正装をして潜《もぐ》り込んだミレーユは、会場の隅《すみ》から周囲を見渡《みわた》していた。舞踏会前の歓談《かんだん》の時間、あちこちで人の輪が出来ており、大公であるリヒャルトの周りにも紳士淑女《しんししゅくじょ》が集まっている。

「殿下《でんか》。今宵《こよい》はお招き下さいましてありがとう存じます。これは娘のヴィヴィアンです。ヴィヴィアン、ご挨拶《あいさつ》を」

中年の男性に連れられていた十七、八ほどの年頃《としごろ》の令嬢《れいじょう》が、頬《ほお》を染めて面《おもて》を伏せる。

「お久しぶりにございます、大公殿下。お目もじ叶《かな》って幸せに思います」

「覚えておいでですか？　以前湖遊びをご一緒《いっしょ》させていただいた娘です。もっともあの頃の殿下はこーんなにお小さくていらっしゃいましたが」

　父親のほうは親しげに笑いながら娘をさりげなく前へ押し出す。周囲の紳士たちは牽制《けんせい》し合っている隙《すき》を衝《つ》かれて面白《おもしろ》くなさそうだったが、リヒャルトは軽く笑みを浮《う》かべて応じた。

「覚えていますよ。百合《ゆり》の花で飾《かざ》り付けされた白い船でしたね。ヴィヴィアン嬢《じょう》は確か氷菓子《こおりがし》が大好きだと仰《おっしゃ》っておいしそうに食べておられました。今でもお好きですか？」

「は、はい。大好きですわ！」

　令嬢が身を乗り出し、父親もほくそ笑んだ。リヒャルトは優《やさ》しく笑って傍《かたわ》らを見やった。

「それはよかった。今夜も氷菓子を用意しています。あちらに——君、令嬢をご案内して差し上げてくれ」

　父娘《おやこ》がぽかんとする間にも、案内役を命じられた侍従《じじゅう》がさっさと二人を連行していく。それを機に大公周辺に漂《ただよ》っていた妙《みょう》な緊張感《きんちょうかん》が一気にゆるんだ。

（……ああやっていつも女の人をかわしてたのかしら。慣れてたわね……）

　どきどきしながら見ていると、隣《となり》にいたロジオンに軽く袖《そで》を引かれた。彼の視線を追うと、ちょうど出入り口のあたりの人波が割れて、淡《あわ》いオレンジ色のドレスを着た少女が歩いてくるところだった。女装してミレーユに扮《ふん》したフレッドだ。女官たちに囲まれた彼は少し緊張《きんちょう》気味に、そして好奇心《こうきしん》をにじませながら歌劇場内を見回している。

（わ……。あの子、演技派ね……）

　きっと自分があそこにいたら同じような態度をとっていただろう。それすら見越《みこ》して演じているフレッドにミレーユは感心した。

やがて流れていた音楽が途切《とぎ》れ、ざわざわしながら皆《みな》が移動を始めた。それぞれ相手を定め、男女の組み合わせが次々に生まれる。舞踏会が始まるのだ。

それまで紳士たちと会話していたリヒャルトが、会場の隅から様子を見ていたフレッドに近づき、微笑んで手を差し伸べた。はにかんで大公の手をとる少女を周囲の人々は好奇の目で見ている。

舞踏音楽が始まり、紳士淑女に混じって踊《おど》り始めた二人をミレーユは感嘆《かんたん》の吐息《といき》をもらしながら見つめた。

(ああ、やっぱり二人とも上手だわ。全然足も踏《ふ》んでないし……。ちゃんと目を合わせて、にこにこしてて、すごく仲良さそうに見えるし)

フレッドは一応初々《ういうい》しさを演出しているようだが、動作は物怖《ものお》じしていない。リヒャルトも余裕《よゆう》の表情で『ミレーユ』を導いているのがわかる。そのさまは完璧《かんぺき》に思えた。周囲で踊っている者たちも惹《ひ》きつけられたように視線を送っている。

(あたしもああいうふうに見えるようにならなきゃいけないのか……)

一応ダンスの練習はしているが、あんな華麗《かれい》な足捌《さば》きにはまだ程遠《ほどとお》い。

一曲目が終わり、リヒャルトがフレッドの手の甲《こう》に軽く口付けるのが見えた。ごく自然で嫌《いや》味《み》のない仕草に、近くにいた婦人たちが少し羨《うらや》ましそうな顔をしている。

何をしても恰好《かっこう》いいリヒャルトの王子様ぶりに見とれていると、傍《そば》にいた若い貴族たちがぶつぶつ話している声が耳に入ってきた。

「それにしても地味な宴だな。美術品の披露目《ひろめ》なんてどうでもいいだろ」

「仕方ないさ。大公自体が地味なんだから」

（——なんですって？）

くすくすと笑う彼らをぎろりとにらみつける。視線にこめた呪《のろ》いが通じたのか、彼らは怯《ひる》んだように顔を見合わせ、どこかへ行ってしまった。

（ったく、どいつもこいつも、陰口《かげぐち》言うしか能がないのかしら。素直《すなお》にリヒャルトのいいところを認められないの？）

こんなふうに陰口を耳にして、その度《たび》に怒《いか》りを胸に押し込めるのも何度目になるだろう。いい加減たまった鬱屈《うっくつ》で病気になりそうだ。

と、荒《すさ》んだ目つきで中央へと視線を戻《もど》したミレーユは、楽団のほうから進み出てきた二人の男に気がついた。

「本日は殿下と、麗《うるわ》しき令嬢に曲を捧《ささ》げたく存じます。我が楽団の新鋭《しんえい》、キリル・メルキウスが作りました曲です」

年配のほうの男がうやうやしく一礼し、傍らの若い男を手でしめす。

紹介《しょうかい》された彼は軽く一礼し、リヒャルトと一緒にいるフレッドをまっすぐ見た。ゆるやかに頰にかかった黒髪《くろかみ》を払《はら》う彼を、ミレーユは目を瞠《みは》って見つめた。

「——令嬢のために謹《つつし》んで演奏いたします」

フレッドは微笑んでそれに応じ、対照にリヒャルトの顔から一瞬《いっしゅん》表情が消える。

楽団の伴奏《ばんそう》に乗せて彼のバイオリンが奏《かな》でる旋律《せんりつ》が流れだす中、ミレーユは息を呑《の》んでその一部始終を見ていた。

それは、十二歳の誕生日に彼が贈ってくれたあの曲だった。


夜会が続いている中、指定された隣の館《やかた》の庭へとミレーユは足を踏み入れた。一角がガラス屋根の温室になっており、変わった植物の鉢植《はちう》えが並んでいる。

「大公殿下！」

呼びかけると、正面の大きな植木鉢《うえきばち》の横にいた影《かげ》が振《ふ》り返った。夜会で見かけた時のままの服装で微笑むリヒャルトに、急いで駆《か》け寄る。

あれからすぐジャックのもとへ向かい、「大公家の未来に関《かか》わることかもしれないから直接話したいんです！」と訴《うった》えて、リヒャルトに取り次いでもらったのだ。時間はかかったが、こうして二人きりで話す機会を設けてもらえた。

「呼び出してごめんね、でも直接言ったほうがいいと思ったから」

「リヒャルトでいいですよ。人払《ひとばら》いをしていますから」

月光に照らされた彼は、物憂《ものう》さをまとったようでいつもより大人びて見える。思わず見とれそうになり、はっと我に返ってミレーユは切り出した。

「あのね、さっき曲を捧げるって出てきた人、あれがキリルなのよ！　あの曲、昔キリルがあたしにくれたものなの」

　それでも人目が気になって小声で訴えると、リヒャルトも笑《え》みを消してうなずいた。

「そうみたいですね。外見はだいぶ変わっていたけど――」

「気づいてたの？」

「ええ。あの曲は俺も知っています。昔、弟が音楽の授業の時に作曲したものですから」

　てっきり誕生日のために作ってくれたと思っていたら、もっと歴史のあるものだったらしい。

　ミレーユは意外に思いながらも、深刻な顔で続けた。

「どうしてあんなことしたのかしら。ていうか、宮殿《きゅうでん》に戻ってきちゃって大丈夫《だいじょうぶ》なの？」

「さあ……。本人に確かめてみるしかないですね。何か意図があって戻ってきたんでしょうし、俺も話を聞いてみたい。あとで呼び出してみましょう」

　リヒャルトは物思うふうに束《つか》の間黙《だま》ったが、やがて気を取り直したように視線を戻した。

「今日の夜会は、何か参考になりましたか？」

「そうね……。みんなが二人に見とれてたわ。あたしもあんな目で見られるようにならなきゃいけないんだって思って……あなたとフレッドのダンスが完璧で、なんかへこんだわ」

　ふうん、とリヒャルトはつぶやき、おもむろにミレーユの手をとって引き寄せた。

「ちょっと踊ってみましょうか。せっかくだし、俺とも練習しておいたほうがいいし」

「えっ！　今!?　そんな、心の準備が」

うろたえるのも構わず、リヒャルトはミレーユの身体《からだ》に手を回してくる。胸に顔を寄せると覚えのある甘い匂《にお》いがした。この酔《よ》い止め薬の匂いを嗅《か》ぐと、これまで彼に抱《だ》きしめられた時のことを思い出してしまってどうも落ち着かない。

「ダンスの授業もやってるんでしょう?」

「やってるけど、む、無理、絶対足踏《あしふ》みまくるし」

「別にいいですよ。何度でも踏んでください」

「でも、やだ、……今は男の恰好だし」

どうせなら、大広間で踊っていたフレッドのようにきらきらした恰好の時に踊りたい。中身が伴《ともな》っていないのだからせめて外見くらい淑女《しゅくじょ》らしくという乙女心《おとめごころ》で言い張ると、リヒャルトは笑った。

「どんな恰好をしていても、あなたは可愛《かわい》いですよ」

「ちょっと、そういうこと普通《ふつう》に言うのやめてったらっ」

「どうして? ああ、そういえば一日三回好きって言うのもなかなか実行できてませんね。じゃあ今日のぶんをまとめて今から——」

「ひー、や、やめてよっ。あなた絶対面白《おもしろ》がってるでしょ!?」

ぐっと身を乗り出しながらまた意地悪なことを言い出した彼に抗議《こうぎ》すると、楽しげな笑みが返ってきた。

「ばれましたか。あなたに振り回されるのも好きですが、あなたを困らせるのも大好きなんですよね」

その発言にミレーユが目をむいた時、背後で咳払《せきばら》いが聞こえた。

ぎょっとして振り向くと、入り口に二つの影がある。ジャックとイゼルスだった。

「いやーあっはっは。申し訳ありません。お邪魔《じゃま》するつもりはなかったのですが、お話がお済みのようなのでお迎《むか》えにまいった次第《しだい》です」

いつものように大らかに笑ったジャックだが、その表情はどことなく引きつっていた。それと対照にイゼルスのほうは動じた様子もなくこちらへ歩いてくる。

「あまり外でそのようなことをなさるのはお控えください。人払いをしているとはいえ何があるかわかりません」

「ああ、すまない。困った顔が可愛くて、つい遊んでしまった」

苦言をさらりと受けるリヒャルトにミレーユは赤面し、ジャックは「ぶほぉ！」とむせた。

温室の外へ促《うなが》すイゼルスの横で、ジャックが心なしかやつれた顔で何やら小瓶《こびん》の中身を舐《な》めている。ミレーユはきょとんとしてそれを見上げた。

「団長、それなんですか？」

「これか。ちょっと塩気が欲しくてな……」

音楽が夜風に乗って流れてくる中、四人は歌劇場へと歩き出した。

扉《とびら》が閉まり、温室に静寂《せいじゃく》が戻る。

——その奥まったところにある古びた机の陰《かげ》から、むくりと人影《ひとかげ》が起き上がったことには、誰《だれ》も気がつかなかった。


宮廷《きゅうてい》でささやかな夜会が開かれた夜。そんな宴《うたげ》に縁《えん》のないジェラルドは、ある計画を実行すべくこっそり部屋を抜《ぬ》け出し、家令のもとへ向かった。

「ギルフォード殿下《でんか》のお屋敷《やしき》は、どのあたりにあるの。ここから遠いかな？」

「大公家の皆様《みなさま》のお館はすべてこの大城館にございますが……、どうされたのです？」

ジェラルドは周囲を見回し、誰もいないことを確認《かくにん》すると小声で『計画』を打ち明けた。

やがて話を聞き終えた家令は、何か物思うふうに表情を消し、しかしすぐに笑顔に戻った。

「なるほど。そういうことでしたか。では、本当に手に入れられたあかつきには私にも見せてくださいますか？　私もジェラルド様とご一緒《いっしょ》に悪戯《いたずら》しとうございます」

「うん！」

ジェラルドは元気よくうなずくと、家令に書いてもらった地図を片手に館を抜け出した。

夜会の翌日、リヒャルトは早速《さっそく》楽団を通してキリルを呼んだ。

表向きの理由は、先日の曲を聴《き》いて音楽家としての腕《うで》に興味を持ったからということにしている。大公が子どもの頃《ころ》ピアノに興じていたことを知る周囲の者たちは、何の疑いもなく彼を連れてきた。

「――先日の演奏には感服したよ。もう一度披露《ひろう》してくれないか」

かつて音楽の授業を受けるのに使っていた部屋で、自身もピアノの前に座りながらリヒャルトが言うと、人払いをして二人きりになったというのにキリルは動揺《どうよう》もなく軽く一礼した。

「身に余る光栄です、大公殿下。謹んで弾《ひ》かせていただきます」

言葉のわりに冷めた瞳《ひとみ》をしてキリルはバイオリンを手にする。流れ出す旋律にリヒャルトは彼を見つめながら聴き入っていたが、曲が中ほどを過ぎた頃、おもむろに鍵盤《けんばん》を弾《はじ》いた。

ちらりとキリルが目をあげる。それでも彼は何も言わず、ピアノの伴奏《ばんそう》が加わった中を最後まで弾ききった。

「相変わらず巧《うま》いな。――アゼル」

短い沈黙《ちんもく》の後に切り出すと、キリルは目を伏《ふ》せたまま答えた。

「その名前は捨てたんですよ。二度と名乗ろうとも思わない。今はただの楽団員です」

「……一応、第五公子アゼルレイドは生死不明ということになっているが」

「じゃあ死んだと発表してほしい。俺は音楽家として生きていきたいんだ。ここへは戻《もど》りたくない」

静かながらも厳然とした口調に、リヒャルトは「ではそうしよう」とうなずいた。確かに、これだけの才能を持つ弟は宮廷へ戻るより音楽の道に生きたほうが幸せだろう。

「あれからどうしていたんだ？」

「とある劇団と一緒にずっと各地を旅してたよ。バイオリン弾きとしてわりと重宝されてた。途中《とちゅう》、シアランの貴族が会いにきて変なことを言うから連れ戻されると思って、そこを逃《に》げ出して——その後は、まあいろいろあって、今の楽団に入った。俺の素姓《すじょう》は先生にしか知られてないから安心して」

「楽団長はオーリリアス氏の弟子《でし》だな。その縁か？」

「うん」

昔、自分たちの音楽の授業を受け持っていた宮廷音楽家オーリリアスは、あれ以来行方《ゆくえ》不明になっている。遺志を継《つ》いだ弟子が彼を引き取ってくれたのだろう。

「そんなことより本当に訊《き》きたいのはさっきの曲のことだろう？　よく覚えてたね」

唇《くちびる》に笑《え》みを浮《う》かべてピアノのほうに目を向けるキリルを、リヒャルトはじっと見つめた。

「あれは昔、音楽の課題で作ったものだな」

「そう。求婚《きゅうこん》の曲だ」

あっさりとキリルは認めた。それを特定の女性に贈《おく》るという意味すら承知している表情だ。

「どうしてあれをミレーユに捧《ささ》げたんだ」

「どうしてって……、そうか、ミレーユが話すわけないか」

「キリル。おまえはここへは戻りたくないと言ったな。なのに今回戻ったのは、彼女に会うためか？」

「それもあるけど……。捜《さが》し物をしててね。それが済んだら出ていくよ」

さりげない口調ではぐらかしたキリルが、ふと探《さぐ》るような目を向けてきた。

「そんなことより、兄さん。ミレーユとはどこまで進んでるの？　まだ清い関係？」

思いがけない問いにリヒャルトは一瞬《いっしゅん》彼を見つめ、すぐに問い返した。

「なぜそんなことを訊くんだ？」

「そうなんだね。よかった。じゃあまだ知らないのか、ミレーユの秘密」

少しほっとしたようにキリルが表情をやわらげる。しかし、なんのことかと聞き返すより先に、彼はあらたまった顔つきになった。

「――ミレーユが王族のご落胤《らくいん》だったのも、兄さんと出会った経緯《けいい》も聞いた。政略結婚《けっこん》の相手になってることも……。だけど駄目《だめ》だ。ミレーユとの結婚は諦《あきら》めてくれ」

まっすぐな眼差《まなざ》しと要求に、リヒャルトは思わず眉《まゆ》をひそめて見つめ返す。だがキリルも目をそらすことなく続けた。

「俺は兄さんの知らないミレーユをたくさん知ってる。ミレーユと出会ったのも好きになったのも俺のほうが先だ。兄さんには絶対渡《わた》せない」

それは挑戦《ちょうせん》というには少し切羽詰《せっぱつ》まったものが感じられる言葉だった。思いがけないあからさまな告白に驚《おどろ》いたものの、リヒャルトは表情を戻して答えた。

「俺もおまえの知らないミレーユを知ってる。結婚は絶対にやめない」

「いや、知らない。あなたはミレーユに騙《だま》されてるじゃないか」

かすかに怒《いか》りと悔《くや》しさのようなものをにじませ、キリルは身を乗り出した。大人しかった弟のこんなふうに感情を露《あら》わにしたところは初めて見たかもしれない。

「兄さんの立場なら、複数の妻《めと》を娶ってても罪にはならない。だけど女は違《ちが》うだろ。重婚《じゅうこん》は罪だ。たとえそれが婚約でも」

その単語は、まるで生まれて初めて聞いたもののような異質感でリヒャルトの耳に飛び込んできた。自分にもミレーユにも縁のないはずの単語に、一瞬思考が止まる。

「もうずっと前に、俺はミレーユに求婚した。……婚姻誓約書《こんいんせいやく》も、教会に出した」

「……」

「それをあなたに伝えるために、ここへ戻ってきたんだよ。兄さん」

断固とした意志のこめられた宣戦布告に、リヒャルトは言葉もなく彼を見つめ返した。

第四章　消えた結婚契約書

　夜会の翌日。ミレーユはギルフォードとの面会のために、彼の館《やかた》へと向かった。

　面会の目的はもちろん結婚契約書《けいやくしょ》を受け取ることである。前々からこの日を指定されていたため、午前中の騎士《きし》団勤務の時間を使おうと決めていた。騎士の制服姿——つまり男装のまま会うのは少しだけ気が引けたが、まあ仕方がない。

　宴《うたげ》の翌朝というのはいつもこうなのか、大城館は全体的に人気《ひとけ》が少なかった。美術品のお披《ひ》露目《ろめ》の夜会が終わった後も、貴族たちはそれぞれサロンなどで長い夜を過ごしたのだろう。

（リヒャルトは、もう仕事してるかな）

　ちらっと執務《しつむ》室のほうを通りがかりに見やりながら、ミレーユは思った。昨夜《ゆうべ》は庭の温室を出て別れたが、彼はあれからまだ貴族たちとの付き合いが残っていたはずだ。きっと明け方まで解放されなかっただろうが、彼のことだからおそらくもう起き出して執務室に入っているに違いない。近々十日ばかり視察に出るということで、その準備に忙《いそが》しいと聞いていた。

（ただでさえ忙しいのに、結婚契約書がなくなったなんて知ったら、何はなくとも捜索《そうさく》に乗り出してきそうよね。けど、ギルフォードさまが持ってるってわかったし、あとはどうにかして

角が立たないように返す方法を見つければ、解決だわ）

あれこれ考えてみたものの、まだ具体的な方法は考えついていない。いざとなれば、自分が持っていたのだと言ってでもごまかそうと思っていた。気まずい兄弟仲をこれ以上こじらせるのだけは嫌《いや》だった。

ギルフォードの館に着くと、話が通っていたようですぐに中に案内された。順調に事が進むことにミレーユはすっかり安心しきって部屋へ入ったが、そこに待っていたギルフォードを見て、思わず眉をひそめた。彼は青ざめた顔をしており、何か悪いことが起こったのだというのがありありと見てとれたのだ。

「ミレーユさん、すみません――。実は、結婚契約書がなくなってしまったんです」

「――え!?」

目をむくミレーユに、ギルフォードはうろたえた様子で状況《じょうきょう》を説明してくれた。彼は昨夜の夜会には出ていなかったが、その時間、人が少ないであろうことを狙《ねら》って図書館に出かけていた。ところが戻ってくると書斎《しょさい》に置いていた契約書が消えていたという。そこには近寄らないよう普段《ふだん》から召《め》し使《つか》いたちには言っていたし、念のため昨夜勤務していた者たちにも訊《たず》ねたが誰《だれ》かが入ったところを見た者はいなかったらしい。

「もともとこの館には使用人が少ないんです。人目がないから、忍《しの》びこもうと思えばできないことはないんですが……」

「じゃあ、外から誰かが入ってきて、盗《ぬす》んでいったってことですか!?」

一体誰がそんなことを、と呆然《ぼうぜん》となるミレーユをギルフォードは件《くだん》の書斎へと案内してくれた。簡素な室内に入ると、彼は机とその傍《そば》の飾《かざ》り棚《だな》を示した。

「……！　これ……」

「犯人のものでしょう。僕は毎朝自分でこの部屋の掃除《そうじ》をしているので」

そこには至るところにべたべたと手形が付いていた。おそらくどこからか忍びこむ際に手が汚《よご》れ、そのまま触《さわ》ってしまったのだろう。それを消していかなかったのは間抜《まぬ》けなのか、それとも何かの伝言のつもりなのか。

「ちょっと待って。これって……子どもの手？」

それを見つめたままつぶやくと、ギルフォードも眉をひそめてうなずいた。

「おそらくそうでしょう。手形を残していったところからしてもね。きっと痕跡《こんせき》を消すところまで知恵《ちえ》が回らないような、小さな子どもでしょうね」

「でも、一体どこの子どもがこんなこと」

「宮廷《きゅうてい》にいる貴族は、大抵小姓《たいていこしょう》を持っていますから……。彼らが主人に命じられてここへ侵入《しんにゅう》したのかもしれません」

「心当たりがおありですか、ギルフォードさま」

ロジオンが珍《めずら》しく口をはさんだ。ギルフォードは少し考えたようだが、首を振《ふ》った。

「君も知ってるだろうけど……契約書がここにあることを知っているのはお祖母《ばあ》様とその女官たちだけなんだ。あの話をしたのはお茶会の席でだけだし、あの方たちにも小さい小姓がいることはいるけど、まさか……。いや、念のためお訊《き》きしてみよう」

この事態が信じがたいと言いたげにつぶやいた彼を、ミレーユは少し意外な思いで見た。

「太后殿下たちもご存じなんですか？　ギルフォードさまが契約書をお持ちだってこと」

「あ……、ええ、あなたに打ち明ける前に相談したので」

繕うように言ってロジオンをちらりと見た彼は、表情を引きしめて続けた。

「わざわざ忍びこんで盗み出したということは、おそらく犯人は近々悪用するつもりなのだと思います。そうなる前に捜《さが》し出さなければ」

「悪用……ってつまり、わたしと殿下《でんか》の結婚を妨害《ぼうがい》するということですか？」

「もしくは、それをネタにエセルを脅《おど》して、何かよからぬことをするかもしれません」

思案顔でひとりごちるように言ったギルフォードに、ミレーユの顔から血の気が引いた。


ギルフォードの館を後にしたミレーユは、いてもたってもいられず、急いで宮廷議会場へと走った。そこでは毎日議題を募集《ぼしゅう》しており、選別にかけ議会にあげられることになっていると、これまでの調査で知っていた。

あの結婚契約書はミレーユの拇印《ぼいん》がない状態だが、もしかしたら犯人がそんなことに構わず議会に提出してはいないだろうかと考えたのだ。議会にかけられ、承認《しょうにん》されれば結婚は成立することになっている。

（ええと窓口は……、いや、あっちから探ろう）

係官に直接尋《たず》ねたところで一介《いっかい》の騎士に議題の内容を教えてくれるとは思えない。無理やり聞きだそうとして下手《へた》に目立つような真似《まね》もやめておいたほうがいいだろう。そう判断し、ミレーユは議会場の警備についている騎士たちに駆《か》け寄った。ここの担当は第五師団、顔見知りの者なのだ。

「今日のぶんの嘆願《たんがん》議題、もう募集時間は終わった？」

早口に訊くと、警備の騎士らは怪訝《けげん》そうな顔をしながらもうなずいた。

「ああ。何か出したい議題でもあったのか、ミシェル」

「いや、えっと……、子どもが来てなかった？」

「子ども？　いいや、見てないな」

貴族の使いで小姓が議題を出しにくることもあると聞いていたが、今日のところはなかったようだ。だが貴族本人が出した可能性もあるのだから安心はできない。

（議会が終わるころにもう一回行ってみるとして……次はどうする？）

貴族目録と婚礼《こんれい》の出席者目録とを照らし合わせて、契約書を持ち出した犯人を突《つ》き止めようという作戦は、ギルフォードから自分が持っているとの申し出を受けて以降、止まっていた。

それを思い出し、ミレーユは目録の置いてある資料室へとロジオンを促《うなが》して走った。

午後になり、議会が終わった時間を見計らってロジオンに様子を見に行ってもらったが、その日は何も収穫《しゅうかく》はなかった。そのためミレーユは翌日もう一度議会場へ行ってみることにした。

議題受付の窓口が見える場所にこっそりと身を潜《ひそ》め、早朝から張り込みをかける。しかし、まだ薄暗《うすぐら》いうちから正午近くまで見張ってみたが、結局それらしい人物は現れず、議会に契約書が提出された様子も見受けられなかった。

「……ねえ、ロジオン。リヒャルトは確か、明日から視察にいくのよね？」

昼食と着替《きが》えのため私室に向かう途中《とちゅう》、ミレーユは思い詰《つ》めた顔で切り出した。

結婚契約書が消えて二日。ギルフォードからは芳《かんば》しい報告はなく、犯人が動く様子もない。もっと根気よく張り込みをし、調べを進めれば何か手がかりが出てくるかもしれないが、一方でミレーユの中では躊躇《ためら》いが大きくふくらみ始めていた。

「視察って十日くらいかかるって聞いたわ。その間に契約書のことで犯人が動いたら、あたしの手に負えないこともあるかもしれない……。太后《たいごう》殿下は絶対に知られちゃだめっておっしゃってたけど、やっぱりリヒャルトに話したほうがいいんじゃないかしら。もし何かあったら、知らないいままじゃ余計困ることになるかもしれないわ」

一番怖《こわ》いのは、おそらく犯人も大公が視察に出ることを知っているであろうということだ。その時期になんらかの行動に出るために今は潜伏《せんぷく》しているという可能性は高い。

リヒャルトが宮殿《きゅうでん》を離れる前に耳に入れておいたほうがよいのではという思いが強くなっていた。これでマージョリーの不興を買うことになったとしても、それは仕方がない。

これまでミレーユの行動に一度も口出ししてこなかったロジオンも、思慮《しりょ》深げに同意した。

「私も、そうなさるのがよろしいかと存じます」

「うん。けど、視察の準備とかですっごく忙《いそが》しいみたいよね。話す時間があるかどうか……でも手紙で言うのも、万が一のことがあったらまずいし。ギルフォードさまのことも絡《から》んでるから、できれば直接話せたらと思うんだけど――」

少し前まではちょくちょく部屋に遊びに来てくれていたが、ここ数日は時間がとれないらしく短い手紙だけが届いていた。伝書官として第五師団からの書簡を届けにいく時だけは顔を見られるが、他の騎士《きし》たちや諸卿の目があるから個人的な会話はできないのだ。

「ごく短時間になるかと思いますが、お時間をいただけるよう申し上げてみます」

「お願いね。ありがとう、ロジオン」

奇妙《きみょう》な焦燥感《しょうそうかん》にかられながらミレーユは礼を言った。同じ宮殿に住んでいるのに話したい時にすぐ話すことができない。そういう立場にある人だというのはわかっていたつもりだが、今はもどかしくて仕方がなかった。

公爵令嬢《こうしゃくれいじょう》としての館《やかた》の前まで来た時、渡《わた》り廊下《ろうか》から何気なく階下を見たミレーユは、庭に立っている人影《ひとかげ》に気づいた。『ミレーユ』の住む部屋のある上階を見上げているのは、見覚えのある黒髪《くろかみ》の少年だった。

(……！　キリル！)

思わず足を止めて凝視《ぎょうし》していると、視線に気づいたのか彼がこちらを見た。驚《おどろ》いたように目を見開いたキリルは、どんな顔をしようか迷うように一瞬《いっしゅん》表情をこわばらせたが、その瞳《ひとみ》にどこか懐《なつ》かしむような色が浮《う》かんだことにミレーユは気づいていた。

(今は男装してるのに、キリルはあたしだってわかってるのかな)

怪訝に思っていると、キリルは静かな表情でじっと見上げてきた。

「……話があるんだ」

意味ありげなその言葉に、ミレーユはしばし考え込み、うなずいてみせた。

下へ下りると、知り合いだから大丈夫《だいじょうぶ》だと言ってロジオンには少しはずしてもらった。それでも離れたところから油断なく目を向けている彼を確認し、ミレーユはキリルに向き直った。

「──久しぶりね、キリル」

彼に会うのは、真冬の頃《ころ》、神殿《しんでん》で出くわした朝以来だ。あの時は突然《とつぜん》「俺を裏切った」だのと言われ、敵意の目で見られてわけがわからなかった。だが、かつてもの静かだった幼なじみは今日も友好的な態度をとってはくれなかった。

「……その、男装したり女装したりは、君の趣味《しゅみ》なのか？」

冷たいような目で騎士団の制服をじろりと見られ、ミレーユは答えに窮《きゅう》した。彼もシアラン人だし、これが一般《いっぱん》的な反応なのかもしれない。

「趣味じゃないけど、ちょっと事情があるのよ。……秘密にしてほしいんだけど」

「へえ。事情ね」

まあどうでもいいよ、と冷めた言葉を吐《は》き、キリルは少しの間黙《だま》り込んだ。傍《そば》にそびえる館に目をやり、彼はぼそりと口を開いた。

「ヒースさんから聞いた。父親がアルテマリスの貴族だったって。あの頃はそんなこと、思ってもみなかった」

「うん……あたしだって、去年はじめて知ったのよ。びっくりしたわ」

「それで引き取られたって？　まあ君は昔から父親を欲しがってたみたいだから、経緯《けいい》は想像がつくけど。パン屋を継《つ》ぐ夢はどうしたんだ？」

「正確にいうと引き取られたって感じじゃないんだけど……結局は公爵《こうしゃく》の娘《むすめ》としてここに来てるわけだから、引き取られたことになるのかな。あ、パン屋はロイが継ぐことになったの」

「ロイ……、ああ、あの性格に難ありのガキ大将か」

「そうそう。いつもキリルをいじめてたあいつよ。よく覚えてたわね！」

思えば彼と仲良くなったきっかけもロイから庇《かば》ったことだった。懐かしさでミレーユは声をはずませたが、キリルは一瞬《いっしゅん》詰《つ》まったような顔になり、ふいっと目をそらして続けた。

「もしかして、お祖父《じい》さんと母さんを人質《ひとじち》にでもとられてるのか？」

「……え？」

「君の父親——ベルンハルト公爵は、王弟だけど、生母と国王が険悪だったこともあって立場が弱い。だから隠《かく》し子である君を王族の姫《ひめ》として差し出せと言われて断れなかった。無理やり下町から連れ出された君は、仕方なく政略結婚《けっこん》に応じた。――違《ちが》う？」

ミレーユはあんぐりと口を開けた。それではまるで父が悪役ではないか。しかも極悪《ごくあく》の。

「全然違うわよ！　パパはそんなことする人じゃないし、ママもおじいちゃんも元気だし」

「じゃあなんでこんなところにいるんだよ。金が入り用だったのか？　それとも貴族になっていい暮らしをしてみたかったから？」

少し苛立《いらだ》ったようにキリルは矢継《やつ》ぎ早に訊《たず》ねる。どうしてそんなことを訊《き》かれるのか、どうしてそんな目で見つめられるのかわからないから、ミレーユは戸惑《とまど》った。

「はあ？　そんなわけないいじゃない！」

「じゃあどうしてだよ。まさか、本気で兄さんを好きなわけじゃないだろ？」

「なんでまさかなの？　他に理由なんてないでしょ」

即答《そくとう》したミレーユをキリルはじっと見つめた。驚きと怒《いか》りと悔《くや》しさが混じったような目で。

「嘘《うそ》だ。君は俺を騙《だま》したように兄さんも騙すつもりなんだろ。エルミアーナにまで手を出してるのがその証拠《しょうこ》だ」

ミレーユは目を見開いて彼を見つめ返した。エルミアーナの件はどこかでフレッドと間違われたのだろうと想像がついたものの、『俺を騙した』というのが何を指すのかわからず、咄嗟《とっさ》に言い返せなかった。困惑《こんわく》して黙っていると、突然腕《とつぜんうで》をつかまれた。

「――やめろよ。結婚なんかするな。考え直してくれ」

驚いて見上げれば、鳶色《とびいろ》の瞳がじっと見つめていた。彼のその強い眼差《まなざ》しが言いたいことに、ミレーユはようやく気がついた。

「キリル……あたしと殿下《でんか》の結婚に反対なの？」

当たり前だろ、とキリルは鋭《するど》く答えた。一瞬、苦しげで悔しげな色が瞳に浮かぶ。彼は目を伏《ふ》せ、何かを堪《こら》えるような声音《こわね》で言った。

「貴族になった君になんて、会いたくもなかった。君には下町がお似合いだ。兄さんには釣《つ》り合わない」

「……」

「……なんでこんなところに来たんだよ」

吐き捨てるように尖《とが》った口調で言った彼を、ミレーユは圧倒《あっとう》されて見つめるしかなかった。

眉《まゆ》を寄せて横を向き、キリルは抑《おさ》えた声で続けた。

「兄さんはずっと苦労してきた人なんだ。これ以上余計な苦労を背負ってほしくない。だから俺は、君たちの結婚が破談になるまで、どんな手を使っても邪魔《じゃま》してやる」

「キリル……、ちょっと待って――」

「君の思い通りにはさせないからな」

最後にそう言ってにらむように見据《みす》えると、キリルは踵《きびす》を返し、足早に去っていった。

残されたミレーユは、ただただ呆然《ぼうぜん》として立ちつくしていた。もし次に会えたら神殿でのことを訊いてみようと思っていたのに、疑問は解けるどころかますます大きくなってしまった気がする。

（なんであたし、こんなに嫌《きら》われてるの……？）

わけがわからない。わかったのは、彼がリヒャルトを尊敬し、守ろうとしていることだけだ。そのために下町生まれのミレーユを邪魔だと認定《にんてい》し、排除《はいじょ》しようとしている——？

これまでも生まれ育ちのことできついことを言われたことはあるが、キリルに言われたのはショックだった。そんなことで人を判断する人ではないと思っていたのに、彼の生まれと大公の弟という立場がそうさせるのだろうか。

仲良しだった子どもの頃の思い出がよみがえり、ミレーユは寂《さび》しさを覚えながら館へと歩き出した。


ロジオンの努力の甲斐《かい》あって、翌日、リヒャルトは二人きりで話す時間を設けてくれた。とはいえ場所は大公執務《しつむ》室であり、午後からは視察に向かうため、本当にわずかな時間だけしか取れないという。ミレーユは急いで指定の時間に執務室へ向かった。

リヒャルトは机について書類を読んでいた。随分《ずいぶん》と厳しい目つきだったが、ミレーユが来たのに気づくとすぐにその表情を微笑《びしょう》の下に隠した。

「ごめんね、忙しいのに無理言って」

「いいんですよ。視察に出る前に顔を見られてよかった。それに、俺もあなたに訊きたいことがあったから……」

「え？　なに？」

「いえ――先にあなたの話を聞きましょう。どうしました？」

少し躊躇《ためら》うように言い淀《よど》んだ彼は、笑《え》みを戻《もど》して促《うなが》した。その優《やさ》しい笑顔を見ていると、言いたいことがありすぎて頭の中がぐるぐるしてくる。時間があまりないから、ちゃんと言うことを筋道立てて考えていたはずなのに――焦《あせ》りながら、ミレーユは一歩前へ出た。

「すごくまずい事態が起きてるの。このままだとあなたと結婚できないかもしれないのよ！」

リヒャルトは目を見開き、立ち上がった。

「どういうことです？」

「実はね、あたしとギルフォードさまの名前で作った結婚契約書《けっこんけいやくしょ》――いや書いたのはオズワルドだけど、あれがなくなっちゃったのよ。盗《ぬす》んだ誰《だれ》かがそれをネタにあなたを脅迫《きょうはく》するかもしれないの。それで――」

「ああ、そのことですか」

少しほっとしたように彼は息をついた。ミレーユが驚いて見ると、彼は先程《さきほど》読んでいた書類を手に取った。

「……知ってたの？」

「ええ。ちょうど今、その脅迫状を読んでいたところです。今朝方届いたんですが……」

「そんな――あたし、聞いてないわ」

え？　とリヒャルトは怪訝《けげん》そうに顔をあげた。

「でも、知ってたから言いに来てくれたんじゃ――」

「あなたからは聞いてない」

自分でもよくわからないうちに、声が震《ふる》えていた。気づいたリヒャルトが、はっとしたように表情を変える。

マージョリーの話では、リヒャルトは結婚契約書の紛失《ふんしつ》を知らないということだった。だからこそ多忙《たぼう》な彼に代わって捜《さが》し出せと言われたのだ。だが彼がその件を承知していたとなると話はまったく変わってくる。リヒャルトが承知しているのも知らずに捜し回っていたミレーユは完全に空回りしていたことになる。彼は契約書のことについて、これまでミレーユに一度として何も話したことはなかったのだ。

「なんで黙ってたの？　教えたってあたしじゃ役に立てないから？　でもあたしにも関係あることじゃない。せめて教えてくれてたら、あたしだってこんな……」

思いがけないショックに襲《おそ》われ、矢継ぎ早に問い詰《つ》めようとして、ミレーユは声を呑《の》んだ。

『知らないところでわたしが独断で動くと、殿下が心配なさいます』

マージョリーに言った言葉がよみがえる。彼を責める資格なんてない。自分だって、そんなふうに思っていたくせに結局は独断で動いて――今の今までリヒャルトに打ち明けようとしなかったではないか。

（先に隠し事したのは、あたしのほうじゃないの。本当にリヒャルトのことを思うなら、太后《たいごう》殿下に叱《しか》られてもリヒャルトに言わなきゃいけなかったんだ……）

自分の間違いに気づいて、何も言えなくなった。後悔《こうかい》と自責の念と、リヒャルトから聞かされていなかったことに対するショックとで、言葉が出てこない。

「ミレーユ――」

同じく黙《だま》り込んでいたリヒャルトが、硬《かた》い声音で切り出した時だった。まるで計ったかのように執務室の扉《とびら》が開き、視察に同行する第一師団長が顔を出した。

「失礼します。殿下、そろそろお時間でございますが」

室内に二人きりという珍《めずら》しい状況《じょうきょう》に彼は怪訝な顔をし、ミレーユを胡乱《うろん》げに見やった。

「殿下、この者が何か無礼をいたしましたか？　貴公、所属はどこだ」

「いや――」

リヒャルトが声をあげるのと同時に、ミレーユは一礼して踵を返した。これ以上ぐずぐずしていてはあやしまれて厄介《やっかい》なことになる。急いで執務室を出ると、第一師団長もそこまでは追ってこなかった。


それきり顔を合わせることなくリヒャルトは視察のため宮殿《きゅうでん》を後にし、数日が過ぎた。ミレーユは相変わらず妃修業《きさきしゅぎょう》に飛び回っていたが、結婚契約書の行方《ゆくえ》はつかめないままだった。

ただでさえ自己嫌悪《けんお》やら何やらで鬱屈《うっくつ》がたまっているというのに、こんな時に限って、宮殿を歩いていると大公の悪口を耳にしたりしてしまう。それも内容的にどうでもいいような――どこそこの役所を贔屓《ひいき》しすぎだとか、自分の娘《むすめ》との縁談《えんだん》をそれとなく持ちかけたが流されたとか、晩餐《ばんさん》会の席次が気にくわない等々、勝手な言い分ばかりなのだ。

（どうでもいいでしょうが、そんなことはっ。文句あるなら正面から言えばいいじゃないの！）

貴族同士の体面などを考えればどうでもいい問題ではないのかもしれないが、陰《かげ》でこそこそ言うという行為《こうい》が何より許せない。そしてこんな時、なんの力にもなれない自分に気がついて歯がゆくてたまらなくなる。――だからリヒャルトは肝心《かんじん》なことを教えてくれないのだろうかと妄想《もうそう》して、心細さと悲しさがこみあげる。

「――ミレーユ、どうしたの。そんな、ほっといたら庭木を引っこ抜《ぬ》いて膝《ひざ》でブチ割りそうな荒《すさ》んだ顔して。かーわいーぃ！」

「どんな顔よそれ!?　そしてどんな趣味《しゅみ》してんのよあんたは」

部屋に遊びに来たフレッドからのほほんとして抱《だ》きつかれ、突《つ》っ込みを入れてため息をつくと、緊張感《きんちょうかん》のない笑顔のまま背中をぐいぐいと押された。

「あー、だいぶたまってるねぇ。そんな時にはア・レ！　思いっきりやっちゃって、すっきりしようよ。付き合うからさ」

「な、なによ？」

わけがわからないまま連行されたのは、隣《となり》の建物にある厨房《ちゅうぼう》だった。長いこと使われていなかったそうだが、リヒャルトの手配で綺麗《きれい》に掃除《そうじ》がされており、いつでも好きな時に使っていいことになっている。これまでにも何度か料理を作ったことがあった。

「はい、これ」

途中《とちゅう》で遭遇《そうぐう》したヴィルフリートも仲間に巻き込み、三人で厨房に入ると、フレッドは笑顔で大きな紙袋《かみぶくろ》を差し出した。中身が小麦粉だというのは一目でわかったので、ミレーユはたじろいで目をそらした。

「だ、だめよ。あたしはもう二度とパンは作らないって職人魂《だましい》にかけて誓《ちか》ったの。これ以上犠牲者《ぎせいしゃ》を出すわけには――」

「やだな、なんのために殿下《でんか》を連れてきたと思ってるのさ。ねえ、殿下？」

うむ、とうなずき、ヴィルフリートは手書きの調理方法が書かれた紙を差し出した。

「生地《きじ》を練って薄《うす》くのばし、それを細く切ったものを湯通しするのだ。そして別に作ったスープと一緒《いっしょ》に食べる。僕とフレデリックがスープを作るから、きみは生地をやってくれ」

「これ、例の異国の料理……？」

確か以前にその話をした時、鬱屈を発散させる云々《うんぬん》という話をした覚えがある。二人が元気づけようと誘《さそ》ってくれたとわかり、ミレーユは感動すると同時に反省した。どうも自分は感情が表に出やすくていけない。

「二人とも、ありがとう……。でも大丈夫《だいじょうぶ》？　料理なんてしたことあるの？」

王子と伯爵《はくしゃく》の組み合わせは、はっきり言って不安である。しかし二人とも自信満々だった。

「任せておけ。こう見えて器《うつわ》にスープをよそうのは得意なのだ。面白《おもしろ》そうだったから王宮でもたまにやっていたのでな」

「え。あの、それって料理じゃなく給仕《きゅうじ》って言うんじゃ……」

「ぼくだって得意だよ。何度かアリス様の館《やかた》で手ほどきを……おっと、二人の秘密だった」

「なにっ、どんな手ほどきをされたの⁉」

深夜の厨房はたちまち賑《にぎ》やかになった。調理法通りに小麦粉と水を合わせ生地にしていきながら、危なっかしくて仕方ない二人組に突っ込みをいれまくったりと途端《とたん》に忙《いそが》しくなる。

「さあミレーユ、遠慮《えんりょ》せずにやっちゃいなよ」

捏《こ》ねる段階まで出来上がったのを見たフレッドが笑顔で促した。ミレーユはうなずき、まとめた生地を振《ふ》り上げると、くわっと目を見開いてそれを台に叩《たた》きつけた。

「……トォリャ――――っっっ‼」

びたーん！　と鈍《にぶ》い音が響《ひび》きわたる。「あたしの馬鹿《ばか》！」「ねちねち貴族！」「陰険《いんけん》オヤジ！」などと叫《さけ》びながら鬼気迫《ききせま》る勢いで生地を捏ねまくり始めたのを、フレッドは笑って見やった。

完成した麵《めん》入りスープを並んで食べながら、ミレーユはこれまでの経緯《けいい》を話した。マージョリーに不意の招待を受けたところから、ギルフォードが結婚契約書を盗まれたところまで順を追って説明すると、フォークで麵を掬《すく》いあげながら聞いていたフレッドは怪訝な顔になった。

「変だな。そんな話、ぼくも聞いてないんだけど。シアランの皆《みな》さんは何かこっそり企《たくら》んでるんじゃないの？」

「企むって？」

「わかんないけどさ。でも除《の》け者にされるのは面白くないよね、やっぱり」

つぶやくと、フレッドはふいににやっと笑った。明らかに彼のほうこそ何か企んでいるような黒い笑顔《えがお》だったが、ミレーユの追及《ついきゅう》をかわした彼は話を戻《もど》した。

「で、その契約書が消えたって話だけど。盗《ぬす》んだのってジェラルド殿下じゃないかな」

「ジェラルド殿下が？　なんで？」

「だってあの公子様はリヒャルトに必要以上に憧《あこが》れてるじゃない。きみとの結婚《けっこん》を阻止《そし》したいっていう動機は充分《じゅうぶん》あるよね。契約書を利用すればそうすることも可能だって知ってればさ。おまけにギルフォード殿下の話じゃ、自分が持ってるって口に出したのは太后殿下の館にいた時なんだろ？　ジェラルド殿下は太后殿下の館に自由に出入りしてるそうだし、たまたま話を聞いちゃったとしてもおかしくない。どこかの小姓《こしょう》がうろついてたら目立つはずだけど、そんな目撃《もくげき》情報はないんだよね？」

「確かに……。ギルフォードさまも、女官たちの小姓を調べたけどそれらしい子はいなかったって言ってらしたわ」

すぱすぱと推理を述べるフレッドに、半信半疑ながらもしばし考え込んだミレーユは、真面目《まじめ》な顔になってうなずいた。アリスの「恋敵」発言を思い出したのだ。

「明日、訪ねてみる。あんな小さい子がそんなこと考えつくとは思えないけど……念のために」

あんなに可愛《かわい》い子を疑うのは心苦しいが、何か手がかりになることもあるかもしれない。宮《きゅう》廷《てい》中の貴族の小姓を一人一人当たるよりはよほど生産性があるだろう。

と、そこまで無言でずるずると麵を食べていたヴィルフリートが、ふと口を開いた。

「しかし、腹が立たないのか？　ラドフォード——いや大公は結婚契約書《けっこんけいやくしょ》の件をきみに黙っていたのだろう？　いくら秘密裏《ひみつり》に処理したかったとはいえ、事はきみの結婚、ひいては国同士の結婚に関《かか》わることだ。話す義務があると僕は思うのだが」

ミレーユは手を止め、麵が浮《う》かぶ器の中に目を落とした。

「リヒャルトはたぶん、あたしが知ったら気にすると思ったから言えなかったんじゃないかと思うんです。実際、太后殿下からなくなったことを聞いて、ものすごく焦《あせ》ったし……。だから腹は立たないっていうか、うん……リヒャルトはいつも考えすぎなくらいあたしのことを考えてくれてるので、今回のこともそうだと思いますし……」

「それも場合によると思うがな。きみに心配させたくなければ最初に一言いえば済む話ではないか。気の使い方がおかしいと思うぞ、やつは。きみが無理やり納得《なっとく》することはない」

だから気に病《や》むなと言ってくれているのだろう。しかし王子の言葉はそのまま自分にも跳《は》ね返ってくる内容で、ミレーユは居たたまれなくなってしまった。

「まあ、殿下の仰《おっしゃ》ることもわかりますよ。リヒャルトは昔からなんでも自分で解決しようとする人だから。言い方を変えると、自分の殻《から》にこもっちゃってるところがあるんだよね」

フレッドは頰杖《ほおづえ》をつき、器の中をフォークでくるくる混ぜながらふと笑った。

「今頃《いまごろ》リヒャルトも悶々《もんもん》としてると思うなぁ。彼もそれをわかってるはずだからね。でも、あれだけすったもんだした末にやっとくっついたんだもん。これくらいで二人の心が離《はな》れるわけないよねー?」

「あ……当たり前よ。離れるなんて、考えたこともないわよっ」

ただ、ちょっとだけ寂《さび》しいと思っただけだ。けれど言われてみれば、彼が自分の殻にこもっているという表現はなんとなくわかる気がする。だからこそこれまで、いつもいつもそういうところがもどかしくて、気になって仕方がなかったのだ。

リヒャルトが帰ってきたらちゃんと謝って話をしよう——と思っていると、フレッドが思い出したように言った。

「ところでさ。近頃《ちかごろ》ぼくの周辺に変な男子が出没《しゅつぼつ》してるんだけど、きみ心当たりない?」

「変な男子……? あんた以外で?」

「もー。またそんな嬉《うれ》しい褒《ほ》め言葉言ってー」

「そうやって頰《ほお》を染めるあたりが完全に変態だろうが。大方、女がらみで恨《うら》みでも買ったのではないか? それでつきまとわれているのだろう」

「うーん。やっぱりそうなのかな。確かに見覚えがないようであるような気がするんだよね」

フレッドは首をひねってぶつぶつ言っている。シアランに来てまでも女たらしな一面を発揮しているらしい兄にミレーユは呆《あき》れたが、気を取り直して考え込んだ。

今自分がやることは毎日の授業を真面目にこなすこと、そして明日ジェラルドの様子を見にいくことだ。マージョリーにも事情を聞いてみよう。何か手違《てちが》いがあるような気がする。

やるべきことを自分に確認《かくにん》すると、ミレーユは器を抱《かか》えて――調理法にあった食し方の通りに――男らしくスープを一気に飲み干したのだった。


ミレーユを部屋へ送ると、フレッドとヴィルフリートは自分たちの部屋へ向かった。

「あー、お腹《なか》いっぱいだ。ちょっと腹ごなしのために追いかけっこでもしますか？　殿下」

フレッドは半ば本気で提案したが、ヴィルフリートのほうは真面目な顔で腕組《うでぐ》みをしている。

「まったく理解できん。彼女はなぜあんなにまで大公のことを慕《した》っているのだ？」

「へ？　それは本人にお訊《き》きになったほうが……って、できるわけありませんね。耳に毒だ」

むっとしたようにヴィルフリートは眉《まゆ》を寄せたが、反論はしなかった。なおも考え込むような顔をして彼は独り言のようにつぶやいた。

「……大公と比べて、僕に足りないのは何なのだろうか……」

「アハハ、気にしてらっしゃるんですか殿下。そうだなぁ。年齢《ねんれい》の差と境遇《きょうぐう》の違いによる経験値の差でしょうかね」

「経験値」

「目で見て耳で聞いてきた世界が違いすぎるっていう意味ですよ」

別に悪口じゃないですよ？　と付け加えたフレッドをじろりと見やり、ヴィルフリートは思案するように顎《あご》をなでながら暗い廊下《ろうか》の奥を見つめた。

縛《しば》り上げて床《ゆか》に転がした子どもを見やり、男は仲間の男にその紙きれを差し出した。

「見ろ。公爵令嬢《こうしやくれいじよう》とギルフォードの署名が確かにしてある」

「間違《まちが》いないな……例の結婚契約書だ。問題は――」

「ああ。どちらにも拇印《ぼいん》がない」

これでは宮廷議会に提出しても書類不備で受け付けがされないだろう。当然婚姻《こんいん》成立もしない。つまりこのままでは大公を脅迫《きようはく》する材料として成り立たないということになる。

「どうする？　大公が視察から戻るまでに準備をしておかねば、帰ってきたらすぐに糾弾《きゆうだん》されるかもしれない。拇印のない不備書類では大公も相手にしないだろう」

「なら、無理にでもお相手していただくまでさ」

低い声で言い放った男を、もう一人の男が訝《いぶか》しげに見る。彼は薄《うす》く笑みを浮かべていた。

「拇印がなければ捺《お》させればいい。幸いなことに男のほうは自分から乗り込んできたことだし、あとは女を連れてくるだけだ。拇印の照合をして本人だと確認されれば大公も引き下がるさ」

「しかしミレーユ姫《ひめ》の周りは警備が堅《かた》いぞ。屋敷《やしき》周辺はもとより、移動中も護衛がついてる」

「手はある。姫が屋敷を離れる機会にやればいい。例えば、うちのお館様のところへ来る途中《とちゆう》とかな」

すでに勝利を確信したかのような顔で低く笑うと、男は制服でもある白手袋《てぶくろ》を脱《ぬ》ぎ捨てた。

翌日、早速ミレーユはアリスの館《やかた》を訪問した。先に使者を送っていたのですんなりと彼女に会うことはできたが、肝心《かんじん》のジェラルドには会えなかった。

「今朝から姿が見当たりませんの。また一人で出歩いているみたいなのです。先程《さきほど》ギルフォード殿下《でんか》もジェラルドを訪ねていらしたのですけれど……」

「ギルフォードさまも？」

ミレーユは思わず隣《となり》のロジオンを見た。契約書《けいやくしょ》を盗んだ犯人を捜《さが》していたギルフォードも、ジェラルドがあやしいと踏《ふ》んで訪ねてきたのだろうか。

「もう戻られたんですか？」

「いえ——なんだか考え込まれていたご様子で、心配なので近くを捜してみると仰っていましたわ。いつも一人で遊んでいますからと申し上げたのですけど……あの、何かありましたの？」

異変を感じたのかアリスが目見《まみ》をくもらせる。ミレーユは急いで首を振《ふ》った。

「ちょっと、急いでお訊きしたいことがあったんです。わたしもぐるっと捜してきますから、もし戻られたら教えていただけますか？」

それだけ言い置き、館を出ると、今度はギルフォードの館に向かった。

だが彼はまだ戻っていなかった。ミレーユはアリスの館に戻り、使用人たちからギルフォードが向かった方角を聞き出すとそちらへ走った。

さすがにその辺りまでくると人目が多く、ギルフォードの姿を見かけた人が数人いた。彼らの証言をもとに辿《たど》り着いたのは、財務を司《つかさど》る役所だった。

「ギルフォードさまはジェラルド殿下を捜してたのに、ここにいらした……。ジェラルド殿下もここにおられると思ったから？」

「あるいは、この中の何者かにジェラルド殿下が連れ攫《さら》われたのを追ってまいられたのやもしれません」

「……って、まさか、誘拐《ゆうかい》？」

ロジオンの言葉にミレーユは息を呑《の》んだが、ジェラルドが本当に結婚契約書《けっこんけいやくしょ》を持っていたとすれば確かに狙《ねら》われる理由にはなる。服の下に入れておいた帳面を急いで取り出し、素早《すばや》くめくった。

「財務庁の役人、貴族——新大公に不満を持ってる可能性のある人は、ここに書き出してる分だけよ」

その頁《ページ》を広げて差し出すと、ロジオンの無表情な顔に厳しいものが浮かんだ。

「やはり、ただの失踪《しっそう》ではない恐れがございます。ここにあるダガーランド伯爵《はくしゃく》は、以前ジェラルド殿下の領地没収《ぼっしゅう》の件で執着《しゅうちゃく》していた人物です。彼に対するとある疑惑《ぎわく》の解明のために若君は視察に出ておられます」

「あ……！　もしかして、あの陰口《かげぐち》言ってた人⁉」

言われてみればあの時、あの紳士《しんし》たちは視察がどうのと話をしていた。ただの悪口かと思っていたらこんなふうに関《かか》わってくるなんて。

「じゃあダガーランド伯爵は、その疑惑を解明されるとまずいからジェラルド殿下を誘拐したの？　確か、ばれたら身の破滅《はめつ》とか言ってたわよね。結婚契約書は関係ないのかしら……」

難しい顔で帳面をにらんでいたミレーユは、あっと目を瞠《みは》ってロジオンを見上げた。

「そうか！　ギルフォードさまがおっしゃってたわよね、リヒャルトを脅迫するためのネタに使われるかもしれない、って」

つまり、ジェラルドが結婚契約書を持っていると知ったダガーランド伯爵が彼を誘拐し、リヒャルトを脅《おど》して取り引きするための手札にしようとした——という仮説が成り立つわけだ。

だが——。

「しかし踏み込むわけにもまいりません。証拠《しょうこ》がございませんし、すべて憶測《おくそく》でしかないのですから」

「そう、そうなのよ。第一、もしほんとにジェラルド殿下が契約書を持ってらしたとして、その情報を都合良く伯爵が知ったのも変よね。結婚契約書のことを知ってたのは太后《たいごう》殿下と女官の方達、ギルフォードさま……リヒャルトも知ってたみたいだけど、だったらなおさら情報はもれないようにしたと思うし……」

ミレーユはふと眉をよせた。なんだろう、自分の今の台詞に何か違和感《いわかん》があった。

これはやはりマージョリーに事情を聞いてみる必要がありそうだ。だがその前に一旦《いったん》アリスに状況《じょうきょう》を説明するべきだろう。ミレーユはロジオンを促《うなが》し、三度《みたび》アリスの館へと走った。

さすがに息子《むすこ》の失踪がいつもの一人歩きではないと悟《さと》ったらしいアリスが、てきぱきと使用人たちに指示を出していた。彼女はミレーユを見ると急いでやってきた。

「館の使用人に話を聞いてみたのですけれど、ジェラルドが一人で出ていったところを見た者がいないようなのです。それと、これは関係があるかわからないのですが、家令の姿が見当たりませんの。大抵《たいてい》この時間はいつも館で仕事をしているものですから、無断で持ち場を離《はな》れているのが気になって……」

「家令……？」

訝しげにつぶやいた時だった。突然《とつぜん》背後から伸《の》びてきた手に口を覆《おお》われ、ミレーユは目を瞠って立ちすくんだ。

仲間に命じて探《さぐ》らせた結果、公爵令嬢はアリスの館にいるとわかった。狙い通りの展開に男はほくそ笑《え》み、もう一人の仲間とともに彼女を拉致《らち》するべく行動を開始した。

アリスに見送られ、ミレーユが館を後にする。護衛の騎士《きし》は一人だけだ。尾行《びこう》されていることにも気づかずのんびりと歩いていたが、渡《わた》り廊下に差し掛《か》かったところで騎士が外の庭へと出ていくのが見えた。姫君《ひめぎみ》から花を取ってこいとでも所望《しょもう》されたらしい。

男たちはその機を逃《のが》さなかった。足音を消して一気に距離《きょり》を詰《つ》める。ぼーっと外の景色を眺《なが》めていたミレーユが気配に気づいて振り返った時には、彼らはすでに手の届く位置にいた。

「……っ！」

驚《おどろ》いた顔で目を瞠るミレーユに、悲鳴をあげられては厄介《やっかい》だと、口を押さえようと手を伸ばす。その瞬間《しゅんかん》、いかにもか弱い令嬢《れいじょう》といった風情《ふぜい》だった彼女の顔に、にやりと不敵な笑みが浮《う》かんだ。その変貌《へんぼう》ぶりに目を疑ったのも束《つか》の間、男は素早く身体《からだ》の位置を入れ替《か》えられ、後ろ手に腕《うで》をひねりあげられていた。

「アッハハ、ありがとねー、すっごく簡単に引っかかってくれて」

どこにそんな力があるのかと思うほど軽々と押さえつけ、彼女は楽しげに笑った。潜《ひそ》んでいたらしい護衛ともう一人別の騎士が現れ、男たちはあえなく床《ゆか》にねじ伏《ふ》せられたのだった。

「いやー。こんなこともあろうかと、普段《ふだん》から女装をきわめておいて本当によかった！」

ミレーユに扮《ふん》したフレッドが笑顔で爽《さわ》やかに額の汗《あせ》をぬぐう。急遽《きゅうきょ》この作戦に参加させられたユーシスが呆《あき》れ顔で突《つ》っ込んだ。

「またもっともらしいことを。ご趣味《しゅみ》でしょう、単なる」

「ハハッ、固いこと言わない。暴れ足りないのはわかるけど、宮殿《きゅうでん》で大公に無断で刃傷沙汰《にんじょうざた》はまずいんだよ。我慢《がまん》して」

「いえ、自分は別に不満があるわけではないのですが……危険な目つきをしておられる方が一名あちらに……」

罠《わな》に引っかかった男たちを縛《しば》りあげてアリスの館へ運んだところである。うち一人はこの館を仕切っていた家令だとアリスが確認《かくにん》した。しかしそれ以上は彼女がいくら問いただしても口を割ろうとしなかった。

「――アリスさま。ちょっとすみません。シメさせ……いえ尋問《じんもん》をさせてください」

おごそかな声が響《ひび》き、一同はそちらを振り返った。立っていたのは正真正銘《しょうしんしょうめい》のミレーユだったが、その顔の上半分はあやしげな仮面で覆われている。フレッドと一緒《いっしょ》にいるため顔を見られないようにと配慮《はいりょ》したのは察せられたが――。

「……あれってアリス様の蒐集《しゅうしゅう》品の女王様ごっこ用の仮面ですよね？」

「……顔を隠《かく》すものが咄嗟《とっさ》にあれしかございませんでしたの」

フレッドとアリスの会話も耳に入らず、ミレーユは縛られて転がされた家令に突進《とっしん》した。

――アリスの館へ戻《もど》って来た時のこと。ちょうどやってきたフレッドと鉢合《はちあ》わせし、彼に作戦を持ちかけられた。彼も昨夜《ゆうべ》話を聞いて気になり、様子を見に来たらしい。彼の推理によれば敵はミレーユを狙うということで、罠をしかけたのである。もちろん本物のミレーユは安全性の面から却下《きゃっか》され、フレッドが身代わりの囮《おとり》になった。

彼いわく「腹黒太后殿下をはじめとしてシアランの皆《みな》さんは何か企《たくら》んでるみたいだから、ぼくらアルテマリス組も負けずに頑張《がんば》ろう」というよくわからない対抗心《たいこうしん》もあったようだ。

そしてフレッドの推理通り、彼らはまんまと罠に飛び込んできたのである。

「あんたがジェラルド殿下《でんか》を誘拐したの？」

厳しい声で尋問するが、男はふてぶてしく目をそらしただけだった。ミレーユは一瞬《いっしゅん》間を置き、勢いよく男の胸倉《むなぐら》をつかみあげた。

「言いなさい、殿下をどこにやったの！　あんたらがやったってことはとっくにネタが挙がってんのよこの悪党どもがっ！」

渾身《こんしん》の力をこめて締《し》めあげると、そのドスの利《き》いた声と鬼気迫《ききせま》る空気、そしてあやしげな仮面に恐《おそ》れをなしたのか男はたじろぎ、苦しげに顔をしかめた。

「さすがミレーユだ。あのシメっぷり、隙《すき》がない。大公妃《ひ》にするのはもったいない腕力《わんりょく》だよね」

「以前自分が見た乙女《おとめ》なミレーユ殿は、やはり目の錯覚《さっかく》だったのでありましょうか……」

フレッドとユーシスが隣室《りんしつ》から感慨深《かんがいぶか》げに見守る中、さらに容赦《ようしゃ》なくぎりぎりと締めあげながらミレーユは尋問を続ける。

「首を横に振《ふ》るか、うなずくかで答えて。ジェラルド殿下は宮殿にいるの？」

ぐげぇ、とつぶされたような悲鳴をほとばしらせ、こくこくと男がうなずく。

「ギルフォード殿下も一緒？」

これにも男は首を縦に振った。

「あんたの親玉は、ダガーランド伯爵？」

男はしばし躊躇《ためら》ったようだが、やがて観念したようにうなずいた。

ミレーユは息をつき、手を放して立ち上がった。ジェラルドたちの居場所を吐《は》かせるのはロジオンに任せ、フレッドたちのほうへ戻る。

「さっそく助けにいくわ。舎弟《しやてい》たちに頼《たの》んでみる。あの人たち強そうだから」

「この場合はきちんと騎士団を動かしたほうがいいよ。公式に身柄《みがら》を押さえないと、その伯爵はこの人たちを切り捨ててしらを切るだけだ」

フレッドの言うことはもっともだった。公子誘拐《ゆうかい》に大公の許嫁《いいなずけ》の誘拐未遂《みすい》を企《くわだ》てただけでなく、大公への明確な反逆心を持つ者のことを野放しになどできない。

「わかったわ。団長にかけあってみる！」

ロジオンが新作武器をたてに男たちから情報を引き出したのを見ると、ミレーユは彼を急《せ》かして部屋を飛び出した。

あいにく団長は来客中だったが、事情を話すと副長は入室を許可してくれた。

イゼルスから話を聞かされたジャックは驚いた顔をしていたが、聞き終えると少し困ったようにミレーユを見た。

「話はわかった。それでジェラルド殿下とギルフォード殿下の救出と、ダガーランド伯爵《はくしやく》の拘《こう》束《そく》のために出動してほしいというんだな？」

ミレーユがうなずくと、難しい顔になった彼は腕を組んで「ふむ……」とうなった。

「こんなことは私も言いたくないが――騎士団は大公命令がないと兵を出すことができんのだ。特にこの場合、おまえの兄上が仰《おっしゃ》ったように公式に動く必要がある。勅命《ちょくめい》なしに動けば私的な行為《こうい》とみなされるんだ。それでは意味がない」

「……って、じゃあ、助けにいけないってことですか!?」

そんな馬鹿《ばか》な、とミレーユは抗議《こうぎ》しかけたが、ジャックの表情を見て呑《の》みこんだ。彼らは大公に仕える者として秩序《ちつじょ》を守らねばならないのだ。彼らを動かせるのは大公であるリヒャルトのみ、しかし彼は今この宮殿にいない――。

(だけど殿下たちが捕《つか》まってるのは間違《まちが》いないのよ。助けにいかなきゃ……でも、どうしたらいいの!?)

いくら隠密《おんみつ》男装中の身とはいえ、ミレーユが直接悪者のアジトに乗り込むのは立場的に許されない。これまでは迷わず行動できたが、さすがに今はそれくらいの自覚はある。しかし放っておけるわけがない――。

「なにを腑抜《ふぬ》けたことを申しておるか!」

突然傍《とつぜんそば》で大声がしてミレーユは飛び上がった。見れば、叫《さけ》んだのはジャックの客人――彼の父親であるヴィレンス将軍である。見事な巨軀《きょく》を軍服に包んだ白髭《しろひげ》の老人は、怒《いか》りに燃える目をして勢いよく立ち上がった。

「臣下の分際で大公家の公子様方を連れ去るとは、なんたる不届きな輩《やから》よ……!!　シアランの忠実なるしもべとして、この不肖《ふしょう》アーサー・ヴィレンスが成敗してくれるわ！」

げっ、とジャックが顔をしかめて立ち上がる。しかし将軍は構わずミレーユのほうにぐるっと身体を向けた。

「少年よ、報告ご苦労であったな。これよりすぐに配下を呼び集めたのち、ただちに征伐《せいばつ》に向かう。安心しておれ」

「はっ……はい！　でも、殿下のご命令がないのにいいんでしょうか」

「わしは引退した身よ。この胸に輝《かがや》くのは軍人の勲章《くんしょう》ではなく殿下への忠誠のみ。たとえご不興を買うことがあろうとも、青く燃えたつ忠誠の炎《ほのお》を消すことはない。懲罰《ちょうばつ》が怖《こわ》くて悪に立ち向かえると思うか！」

「……!!」

（かっこいい……！　さすが熊《くま》と戦って勝った伝説の人！）

思わずしびれそうになりながら将軍に見とれるミレーユの後ろで、ジャックが慌《あわ》てたように声をあげた。

「二人とも、私の話を聞いてたか!?　親父殿《おやじどの》、すぐその気になって若者をたぶらかすのはやめていただきたい！　ミシェル、おまえもそんなうっとりした目つきで見とれるなっ」

「やかましいぞ、小童《こわっぱ》が！　ようやっと出世を果たした末子のおまえに職無しの憂《う》き目を味わわせたくないという親心がわからんのか！」

「そんなこと言ってただ暴れたいだけでしょうが！」

場違《ばちが》いな親子《おやこ》喧嘩《げんか》が勃発《ぼっぱつ》したのをイゼルスは動じたふうもなく見ていたが、早足で近づいてきた部下に気づいて目をやった。何事か耳打ちされた彼がわずかに目見《まみ》を厳しくしたのをミレーユが訝《いぶか》しげに見た時だった。

「大公殿下のおなりです！」

慌ただしい伝令の声とともに扉《とびら》が開き、数人の騎士《きし》たちに囲まれてリヒャルトが入ってきた。喧嘩《けんか》していた二人も思わずのように目を見開いて彼を見る。

「殿下!? お早いお戻りで」

「早々に調査が済んだから予定を切り上げたんだ。それより、ここへ来るまでに話は聞いた。ただちにダガーランド伯《はく》の捕縛《ほばく》を命じる。罪状はジェラルド公子領ハーバーラントからの領税横領だ」

本当に到着《とうちゃく》したばかりなのだろう、リヒャルトはマントを羽織ったままだ。きびきびと指示を出す彼は冷静な態度だったが、軽く息を切らしている。よほど急いで駆《か》けつけたらしい。

途端《とたん》、ジャックの表情が一変し、彼の合図を受けたイゼルスが速《すみ》やかに団長室を出ていく。雰囲気《ふんいき》ががらりと変わった室内で、ミレーユは固唾《かたず》を呑んでそれらを眺《なが》めていた。リヒャルトが一言言っただけで、あっという間に状況《じょうきょう》が変わる。やっぱりすごい人なのだ。

ようやく脱《ぬ》いだマントを傍《そば》の騎士に預けながら、リヒャルトはふっと視線を向けてきた。

「……ロジオン。おまえたちはここで待機だ。外には出るな」

言い置いて彼は踵《きびす》を返した。一瞬《いっしゅん》何か言いたげにミレーユを見たが、部下たちの手前親しく言葉をかけるのは憚《はばか》られたのか、そのまま団長室を出て行った。

――ダガーランド伯爵が捕縛され、拉致《らち》されていた両公子も無事に救出されたという報《しら》せが届いたのは、それから間もなくのことだった。


ダガーランド伯爵がジェラルドの領地に納められる税を自分の懐《ふところ》へ横流ししていたのがそもそもの始まりだ。アリスの館《やかた》に勤める家令は伯爵の配下であり、アリス親子がそういった方面に疎《うと》いのをいいことに書類をいじったりなどして長年伯爵に手を貸してきたのだという。

彼女たち親子がオズワルドに冷遇され、宮廷《きゅうてい》で孤立《こりつ》していたからこその不運だったが、大公が新しくなって各役所の綱紀粛正《こうきしゅくせい》が行われると、リヒャルトはすぐにアリス親子の所領財産に関して違和感《いわかん》に気づいたという。生母であるアリスがオズワルドと法律外の結婚《けっこん》をしていたとして、ジェラルドの財産を没収《ぼっしゅう》すべきだという声が宮廷議会であがり、それもあって主張していたダガーランド伯爵に目をつけていたリヒャルトは、ジェラルドの所領に赴《おもむ》いて調査をすることにした。

ところがそれに焦《あせ》った伯爵の配下たちが先走り、手を打つべく画策を始めた矢先、ジェラルドから例の結婚契約書《けいやくしょ》の情報をつかんだ。彼らは大公の追及《ついきゅう》を逃《のが》れるために結婚契約書を盾《たて》に取って取り引きという名の脅迫《きょうはく》をすることを思いつき、それを渡《わた》すことを拒《こば》んだジェラルドを連れ去ったあげく、真相に気づいて追ってきたギルフォードまでも拉致監禁《らちかんきん》するという、罪に罪を重ねてしまったのだ。

「私は知らん！　やつらが勝手に暴走しただけだ！」

とダガーランド伯爵は慌てていたらしいが、後の祭りである。

夕方になって呼び出しを受けたミレーユは、マージョリーの館にて彼女たちとともにリヒャルトから今回の一件について説明を受けた。しかし何より驚《おどろ》いたのは、そんな事件の真相ではなく、尖《とが》った声で続いたリヒャルトの追及だった。

「では次に。今回の件にからんでいた結婚契約書はお祖母《ばあ》様が偽造《ぎぞう》なさったもの、つまり偽物《にせもの》ですね。なぜそのようなことをなさったのかお答えいただきましょうか」

「……偽物ですって⁉」

ミレーユは耳を疑い、目を丸くしてリヒャルトを見た。あんなに必死に捜《さが》しまわっていた結婚契約書が——偽物？

「ええ、そうです。あんなものがこの世に存在するわけがない。なぜなら本物はとっくに私が処分したからです。残しておくわけがないでしょう、こんなもの」

「で、でも、執務《しつむ》室で訊《き》いたとき、『知ってた』って言わなかった？」

「あれは脅迫状が届いたことを知ってると言いたかったんです。まさかお祖母様がこんな企《たくら》みをなさっているとは夢にも思いませんでした。あなたが教えにきてくれて、あの時は説明不足で行き違《ちが》ってしまいましたが、後から何か変だと思って探《さぐ》らせてみたら——」

孫息子《むすこ》の非難の目を受け止め、彼女は優雅《ゆうが》に扇子《せんす》を開いて口元を覆《おお》った。

「ばれてしまっては仕方がないわね……」

「た、太后殿下《たいごう》、まさか、ほんとに……？」

ごめんなさいね……とマージョリーは目を細めて笑った。

「今回のことは、あなたの能力を見るためにわたくしが仕組んだこと——つまりこちらが正真《しょうしん》正銘《しょうめい》の妃《きさき》修業《しゅぎょう》の第一試験だったのよ」

ミレーユはあんぐりと口を開けた。あまりに予想外の言葉に、すぐには事態を理解できない。

そういえば時々違和感を感じることがあったが、まさか——？

「いろいろと項目《こうもく》を設けて見させてもらったわ。秘密を守れという指示をどこまで守るか、契約書《けいやくしょ》を捜すにあたってどれだけ頭と足を使うことができるか、またその手段はどうするのか、人を動かす場合いかに使うのか、忠実な側近がいるのか、調査の過程でどれだけのものを得られるか——。あとは、局面ごとの判断力を見るために、ギルに途中《とちゅう》で契約書の在り処《か》を教えさせたりね。あなたは活発で真面目《まじめ》で一生懸命で、点数をつけるのが楽しかったわ」

ねえみんな、と女官たちに同意を求める彼女に、ミレーユは思わずくらりと立ちくらみを起こした。それを急いで支えたリヒャルトが、ますます険しい顔つきで一同を見やる。

「なんという非道なことをなさるんです。これではまるで騙《だま》し討《う》ちではありませんか」

「心苦しいとは思っていたのよ。でも、これは試験ですよと最初に言ってしまっては試験にならないじゃないの」

「屁理屈《へりくつ》は結構です！　あれほど彼女は大事な人だと申し上げたのに、もしその試験とやらの過程で怪我《けが》でもするようなことになったら、どうされるおつもりだったのですか」

「ちゃんと護衛がついていたでしょう。万が一危ないことがあれば身体《からだ》を張りなさいと申しつけていましたよ」

「……!?　まさか、ロジオンも一味なのか？」

信じられないと言いたげにリヒャルトが背後を見やり、ミレーユも目をむいてそちらを見る。控《ひか》えていたロジオンは、神妙《しんみょう》な顔つきで目を伏《ふ》せていた。

（どうりで、何も言わないと思ったら……！）

騙されるのはフレッドの時で慣れているものの、必死に契約書を捜しまわったあげくリヒャルトと気まずくなってしまったりした自分が我ながら哀《あわ》れに思えてくる。しかし彼女たちも、まさか結婚契約書紛失《ふんしつ》事件が途中から『本物』になってしまうとは計算外だったことだろう。

「この試験で得たものはたくさんあったはずだわ。宮廷の仕組みや勢力図を覚えられてよかったとあなたも言っていたわね。それに、妃の立場ではどうするべきかと様々な場面で考える機会があったでしょう？　それは後々生きてくると思いますよ」

ずーん、と落ち込んでいたミレーユは、その言葉に顔をあげた。

マージョリーの傍《かたわ》らには、彼女の協力者の一人であったギルフォードが少し居心地《いごこち》の悪そうな笑《え》みを浮《う》かべて寄り添《そ》っている。ジェラルドを捜して敵のもとへ乗りこんだ彼は手に怪我を負っており、包帯で片腕《かたうで》を吊《つ》っていた。

彼とリヒャルトの関係について考える機会を持てたし、ギルフォード救出の報せにリヒャルトが心底ほっとしていたのも見ることができた。その表情に彼の心の中をかいま見られたような気がして、別の意味でミレーユも安堵《あんど》したものだった。

（確かに、たくさん勉強になったものね。太后殿下や女官の人たちと一緒《いっしょ》に過ごせて、いろいろ真似《まね》したいって思うこともいっぱいあったし……）

どれもこれも、教室で勉強しているだけではわからなかったことばかりだ。

それにしても、マージョリーには踊《おど》らされっぱなしだったことになる。さすがはフレッドが「腹黒」と評していただけある――と思わず遠い目をしてため息をついていると、彼女は少しあらたまったような声で続けた。

「――わたくしはね、あなたの生まれ育ちについては正直なところそれほど気にしていないの。ハロルド様の後宮にはいろんな出自の方がいましたからね、もう慣れているのよ。けれど、孫であるエセルに対する気の持ちようには興味があるわ。人間はいざという時に本性《ほんしょう》が出るもの。いくら生まれが高貴であろうと、エセルが窮地《きゅうち》に陥《おちい》った時に砂をかけるような嫁《よめ》ならば必要ないと思っているの」

「お祖母様。彼女はそのようなことは絶対にしない人です。だいたい――」

「ええ、わかっていますよ。というより、わかりましたと言うべきね。でも一つだけ言わせてちょうだい」

リヒャルトの反論をおっとりと遮《さえぎ》ったマージョリーは、静かにミレーユを見つめた。

「初めに会った時、わたくしが言ったことを覚えていて？　まず第一に誰《だれ》を立てるべきか、圧力に屈《くっ》してしまうかどうか見たかった——と。わたくしが一番見たかったのはそこなの。けれどあなたはわたくしの言葉を鵜呑《うの》みにして、最初に大きな間違《まちが》いを犯《おか》したわね」

「……はい。結婚契約書紛失の件を殿下《でんか》に打ち明けなかったことですね。殿下のためを思うなら、自分で捜し出す前に報告するべきでした」

真剣《しんけん》な顔で見つめて答えると、彼女は珍《めずら》しく少し驚いたような顔になり、やがて目を細めた。

「そう。自分でも気づいてくれたのね。だったらよくってよ。わたくしもあの件では随分《ずいぶん》と圧力をかけましたからね。そう簡単に約束を破れるとは思っていませんでしたよ。ねえ？」

悪戯《いたずら》っぽく女官やギルフォードに同意を求め、彼女は笑って視線を戻《もど》す。

「第一試験はこれで終了《しゅうりょう》よ。今回は及第《きゅうだい》点をあげましょう。ご苦労様でした、ミレーユ」

優《やさ》しく微笑《ほほえ》んで告げたマージョリーの背後で、『試験官』の女官たちがかしこまって一斉《いっせい》にお辞儀《じぎ》をした。

第五章　二人で踏み出す一歩

その夜、ミレーユは寝室《しんしつ》で一人、ペンを走らせていた。

時刻はもう真夜中をとっくに回っているだろう。しかしどうしてもうまくいかず、うんうんうなりながらああでもないこうでもないと頭をひねっていた。

書いているのは、リヒャルトへの手紙だ。

マージョリーの部屋でネタばらしをされた後、リヒャルトは夜の緊急《きんきゅう》議会招集のため、ろくに話すこともできず行ってしまった。もちろん仲直りもできていない。

きっとこれからまた忙《いそが》しくなるのだろう、仕方ない、せめて手紙を書こうと自室に戻ってくると、ざっ、と勢いよく跪《ひざまず》いたロジオンから尖った金属片《へん》がびっしり付いた鞭《むち》を差し出された。

『ミレーユ様を謀《たばか》り続けた報《むく》いを受けたく存じます。どうかこれで私を罰《ばっ》してください』

『なにこれ、怖《こわ》っ！　こんなので打ったら血だらけになるわよ!?』

『存分にお打ちください。ミレーユ様のお気が済まれるまで』

『ちょ……、いや、あたしそういう趣味《しゅみ》ないから！』

というわけで、真顔でずいと猟奇《りょうき》的な武器を押しつけてくる彼から逃《に》げるため、早々に寝室にこもることになったのである。

（はぁ……。全然うまく書けない……）

ずっと書き続けている便箋《びんせん》はもう何十枚という厚さになっていたが、それでもまだ言いたいことが出尽《でつ》くしていない気がしていた。ミレーユはため息をついてペンを置くと、腰《こし》をあげた。

（頭使いすぎてお腹《なか》すいたな。なにか食べてからまたやろう）

隣《となり》の居間には確かフレッドからもらった焼菓子《やきがし》が残っていたはずだ。アンジェリカを起こして用意してもらうのは申し訳なさすぎるので、自分で捜《さが》すことに決め、ミレーユは寝室の扉《とびら》を開けた。途端《とたん》、目の前に誰かが立っていたことに気づき、目をむいた。

「ぎゃ……」

絶叫《ぜっきょう》しかけた口を素早《すばや》くふさがれる。相手も少なからず驚《おどろ》いたようだ。慌《あわ》てたようにミレーユを押し戻しながら自分も一緒に寝室に入ると、扉を閉めた。

「──俺ですよ。驚かせてすみません」

囁《ささや》きが落ちてきて、はっと我に返る。夜中にこの部屋へ訪ねてくるのは彼しかいないから、誰であるのかは半ばわかっていたものの、あまりに突然《とつぜん》すぎて度肝《どぎも》を抜《ぬ》かれてしまった。

「リヒャルト……」

「はい」

ふさいでいた手をはずし、確認《かくにん》するように名を呼ぶと、彼が微笑んだのがわかった。

「きっと寝《ね》てるだろうとは思ったんですが、寝顔だけでも見て帰りたいなと思って……。扉を開けようとしたら急に中から開いたから、びっくりしましたよ」

「う、うん。あたしも……」

急《せ》き込んで口を開いた時、居間のほうでバタンと物音がした。

「今、若君がいらしたでしょうっ？　ついに夜這《よば》いをかけにいらしたのですね！」

「いらしていない。寝ぼけたのだろう」

嬉《うれ》しそうなアンジェリカの声にロジオンの低い声が応じている。彼はうまくごまかしてくれたらしく、間もなく静寂《せいじゃく》が戻った。二人はしばしじっと気配をひそめていたが、やがてふっと息をついた。

「――こんな時間まで勉強ですか？」

燭台《しょくだい》の明かりに照らされた机の上に気づき、リヒャルトが表情をくもらせる。

「ううん、ちょっと手紙を書いてたの。あなたこそ、今まで仕事だったの？」

「ええ。急な会議だったので人が集まらなくて、少し時間を食ったんですよ。でもなんとか今日の分は片付けました」

「そうなの。大変だったのね……って、うわぁ！」

気遣《きづか》うように彼を見ていたミレーユは、自分の身なりにはたと気づき、慌てて寝台《しんだい》に飛び込んだ。寝間着《ねまき》姿なのをすっかり失念していたのだ。毛布を首まで引っ張り上げ、動揺《どうよう》して声をうわずらせる。

「見たわねっ？」

「まあ、見ましたけど――」

事も無げに言ってリヒャルトは寝台のほうへ歩いてきた。途中《とちゅう》、机の上の書きかけの便箋を何気なく見た彼は、ふとつぶやいた。

「この手紙って……もしかして俺宛《あ》てですか？」

赤面して顔を伏《ふ》せていたミレーユも、気がついてそちらを見る。注意深く毛布を身体《からだ》に巻き付けると、その場に正座した。

「あの……ごめんなさい。隠《かく》し事してて……またあなたの知らないところで勝手なことして」

神妙《しんみょう》な顔で切り出すと、寝台の傍《そば》にいた彼はその場に跪いた。

「こちらこそたくさん謝らないと。結婚契約書《けっこんけいやくしょ》の件は俺の処理の仕方がまずかったんです。ひそかに処分するのじゃなく堂々と人前で燃やすなりして、この世にはもう存在しないということを知らしめておくべきでした。だから今回みたいに利用しようとする者が現れてしまった」

そのためマージョリーが偽造《ぎぞう》したものを代わりに今夜の議会で焼却《しょうきゃく》処分したのだと、彼は教えてくれた。机上《きじょう》で明かりに照らされている便箋を見やった彼は、物憂《ものう》げな目で続けた。

「お祖母《ばあ》様に言われたことも含《ふく》め、あれからいろいろ考えました。俺はあなたに対して過保護でいたいし、出来うる限り甘やかしたいと思っています。でもそれは裏を返せば冷たい仕打ちなのかもしれないと思うようになったんです。危険なことや辛《つら》いこと、汚《きたな》いものから守りたいと思うあまり、あなたに対して秘密が増えていく。肝心《かんじん》なことを言わずに結局傷つけてしまう……。これじゃ駄目だと、あなたを泣かせるたびに痛感するのに、同じことを繰《く》り返してしまって……。どこか情緒《じょうちょ》的におかしいのかもしれません」

そう言って軽く笑った彼をミレーユはまじまじと見つめた。そんなふうに自嘲《じちょう》したような顔で笑わないでほしい。そう思う一方で、思い悩《なや》む内面を伝えられていることに、静かな感動のようなものが生まれた。彼はあまりこういう面を見せてくれないから。

「今回のお祖母様の試験のこともそうです。本当にあなたの将来を想《おも》うなら大事にして可愛《かわい》がっているだけじゃいけないとわかっていても、なかなか受け入れられなかった。ロジオンのほうがよっぽどあなたのことを思って行動できていると気づいて、ショックでしたよ」

「それは違《ちが》うわ。リヒャルトだけはあたしを騙《だま》さないってわかってるから、信じてるのよ？あなたまで関《かか》わってたら立ち直れなかったわよ。それに、同じこと繰り返してるのはあたしも同じよ。いつも突《つ》っ走ったあとで気づくのよね……。なんで最初に気づけないのかしら。あ、でも、もうちょっとだけ気を遣《つか》うのをやめてくれたら嬉しいんだけど。あたしも気をつけるから……」

励《はげ》ますつもりが途中から反省になってしまったが、リヒャルトはうなずいて笑ってくれた。

「遠慮《えんりょ》するのはやめようと言ってくれたのに、なかなか守れなくてすみません」

差し出された手を握《にぎ》ると、ぎゅっと温かい力で握り返される。たったそれだけのことで心までこんなふうに温かくしてくれる人は他《ほか》にいない。それに気づいてミレーユは思わず彼を凝視《ぎょうし》した。

「リヒャルトは優しいわよね……」

「……そんなに皮肉らないでください。反省してますから……」

「皮肉じゃないわ！　あたし、あなたの優《やさ》しいところと顔と声と手がすごく好きなんだから」

決まり悪そうに目をそらされ、ついむきになって告白すると、彼は曖昧《あいまい》な顔つきになった。

「好きと言ってくれたのは嬉しいけど、それって全部自信がないところだなぁ。特に顔とか」

「な……、罰当たりな！　自覚しなさいよ、こんなに恰好《かっこう》いいのに」

「いや、あまり迫力《はくりょく》がないでしょう、この顔。もっと、なんというか……ヴィレンス将軍みたいな男らしい風貌《ふうぼう》に憧《あこが》れます」

「将軍って、ああいう髭《ひげ》モジャな感じの……？　だ、だめよっ、あなたは今のままで充分《じゅうぶん》すぎるくらい恰好いいわ、だから早まらないで！」

二人の顔をだぶらせて想像してしまい、慌てて頭《かぶり》を振《ふ》る。将軍は確かに恰好よかったし威厳《いげん》のある頼《たの》もしそうな人だったが、リヒャルトにはまだまだ爽《さわ》やかな感じでいてもらいたい。

「それに、優しいなんて言われたこともないですし」

「うそ、いつも言われてたでしょ？　あたしが見てた限りじゃ、特に女の人には優しかったように思えたけど。紳士《しんし》的っていうか」

「そんなことないですよ。冷たいと言われたことなら山ほどありますが」

気にした素振《そぶ》りもなく笑って言うと、リヒャルトは枕元《まくらもと》に積んである本を見て、思い出したように視線を戻《もど》した。

「ただでさえ授業で忙しいのに、お祖母様に振り回されて大変だったでしょう」

「そうねー。忙しかったけど、太后《たいごう》殿下やギルフォードさまとお近づきになれてよかったわ。たぶん別の出会い方してたら、すんなりとけ込めなかったと思うし。それにね、実はひそかにいろいろ観察させてもらったの。あたしもいつかあんなふうになれたらいいなと思って」

「あんなふうになられたら困りますよ」

「でも、真似《まね》してたら立派な大公妃《ひ》になれるんじゃないかと思うんだけど」

「あなたが完璧《かんぺき》な妃《きさき》になってしまうと、精神的抑圧《よくあつ》で困りますね。俺だって全然完璧な大公じゃないんだから」

「なんで!? あなたみたいに完璧な人って見たことないのに」

「はは。あなたが思ってくれてるみたいに、本当に完璧な人間だったらよかったんですけどね……」

どれだけ遠慮深《えんりょぶか》いのかと驚いて訴《うった》えると、リヒャルトは困ったように苦笑《くしょう》し、目を伏せてつないだ手を見つめた。

「俺にも、手本となる人がいません。でも父を目指そうとは思わない。自分なりの大公を目指すつもりです。――どれだけ全力を尽くしても悪く言う者は出てきます。だから最初から開き直っていればいいんです。俺もあなたも一人じゃないんですから、あまり思い詰《つ》めないで」

静かに顔をあげて見つめてきた彼を、ミレーユは言葉もなく見つめ返した。

いつでも冷静で頭がよくて何でも出来る人だと思っていたけれど――いくら生まれながらの王太子とはいえ、だからこそたくさんの努力をしてきたはずなのだ。そして今も、『お手本』

とするべき人がいない中、国の頂点に立って頑張《がんば》っている。

そんな彼のために何をしてあげたらいいのか正直なところわからない。立派な妃になるため修業《しゅぎょう》するのは当たり前のことだから。それ以外のことで役に立ちたいのだが――。

例えば彼の母親は、夫のためにどんなことをして支えていたのだろう？

「……あたしも会ってみたかったわ。あなたのお父さんとお母さん」

思わずつぶやくと、リヒャルトは少し考え、笑って腰《こし》をあげた。

「じゃあ、会いに行きますか？」

「えっ？」

「この時間ならさすがに誰《だれ》もいないかな。ああ、でも急いだほうがいい。着替《きが》えてもらう時間はなさそうですね。今夜だけは仕方ない、目を瞑《つぶ》りましょう」

リヒャルトは隣《となり》の衣装部屋からマントを持ってきた。促《うなが》されてそれを着込むと、わけがわからないまま手を引かれてミレーユは寝室《しんしつ》を出た。


ミレーユの部屋に来るのにいつも使っているという地下道を抜《ぬ》け、辿《たど》り着いたのは肖像画《しょうぞうが》の間《ま》だった。ぷん、と独特の匂《にお》いが鼻腔《びこう》をつき、掲《かか》げたランプの明かりに大小様々な肖像画が浮《う》かび上がる。

「八年前オズワルドの命令で焼かれるところだったのを、隠して守ってくれた人がいたんです。

でもさすがに全部は無理だったそうで、残っているのはこれだけですが」

明かりをめぐらせたリヒャルトが一枚の絵の前で立ち止まる。そこに描《えが》かれていたのは一組の男女だった。男性のほうは茶系の髪《かみ》と瞳《ひとみ》をした三十前後くらいの年頃《としごろ》、女性は金髪《きんぱつ》と翠《みどり》の瞳の、まだ少女ともとれる年頃だ。ジークの部屋で見た肖像画よりだいぶ若い。リヒャルトが生まれるずっと前のものだということだった。

「前も思ったけど、お母様ってきれいな方ね。お父様は……ちょっと恐《こわ》そうだけど、ご夫婦《ふうふ》で料理をしたりするなんて、結構楽しい方だったのかしら」

「父は基本的に仕事が好きな人だったけど、新し物好きなところもあって、なんでも興味を持ったら試《ため》す人だったんです。あと、芸術分野が苦手だったらしくて、その点で母を尊敬していたみたいですね」

「芸術って、音楽とか、絵画とか？」

いえ、と彼は笑って肖像画を見上げた。

「陶芸《とうげい》です。しょっちゅう泥《どろ》んこになって器《うつわ》を作ってましたよ。大公妃がやるなら、という感じで宮廷《きゅうてい》でも流行《りゅうこう》して、そういう職人を庇護《ひご》したりとか……それが一つの文化になって、今もシアランの陶器《とうき》は有名です」

「へーっ、すごいのね！」

「俺も芸術分野は苦手だから、あなたを尊敬しています」

「な⁉　なんでっ？　リヒャルトだってピアノ上手だし、あたしは全然……」

「雪像造りの素晴《すば》らしい才能があるでしょう。なかなか職人でもあそこまで作れないですよ」

「や……、でも冬限定だし、実生活には役に立たないっていうか……」

急に褒《ほ》められてあたふたしながらも、正直、ちょっと嬉《うれ》しい。今年の冬は雪像造り大会を開こうか——などと考えて頬《ほお》を染めるミレーユの肩《かた》に、リヒャルトはそっと手をやった。

「俺たちの肖像画もいずれここに飾《かざ》るんですよ。画家が来る日取りも決まっています。あなたも知ってる人ですよ」

「え……だれ？」

「イアン・クラウセン氏です」

ああ、とミレーユは目を見開いて隣を見上げた。友人であるシャルロットと駆《か》け落ちしてシアランへ来て、今は彼女の夫になっている人だ。

「シャルロット嬢《じょう》も一緒《いっしょ》に招待しましょう。彼女も宮廷にいた人だし、いろいろ聞いてみたらどうですか」

「うん！　シャロンのあの猫《ねこ》かぶり術はぜひとも会得《えとく》したいと思ってたの」

「そうそう。公私の使い分けなんて所詮《しょせん》はったりです。俺だって本性《ほんしょう》は隠《かく》してますからね」

「そうなの？　どんな本性？」

「ん？　こんな本性」

言うなり、リヒャルトはがばりと抱《だ》きついてきた。不意を突かれ、ミレーユは仰天《ぎょうてん》した。

「隠してるの!?　それで!?」

全然隠せていないと思うのは、気のせいだろうか。

ぎゅっと包み込むように抱きしめられ、頬がほてるのがわかった。そういえばこんなに密着したのは久しぶりな気がする。そう気づいたら途端《とたん》に落ち着かなくなった。彼と一緒にいると、ほっと安らぐ一方でこんな心地《ここち》にもなってしまうからちょっと厄介《やっかい》なのだ。

「実は――、あなたに訊《き》きたいことがあって」

しばらく黙《だま》り込んでいたリヒャルトが躊躇《ためら》いがちに切り出した。そういえばこの前もそう言っていたと思いだし、なんだろうとうなずいて促すと、彼は物思うような声で続けた。

「……これまでに、俺以外の男から求婚《きゅうこん》されたことはありますか？」

抱きしめられたまま、きょとんとしてミレーユは瞬《また》いた。

「え。あるわけないじゃない」

「本当に？　よく思い出してみて」

身体《からだ》を離《はな》した彼は真剣《しんけん》な顔で見つめてくる。しかし身に覚えがないものはない。

「ないってば。いくらなんでもそんな珍《めずら》しい人がいれば忘れるわけないでしょ。あなたみたいに奇特《きとく》な人はそうそう世の中にいないわよ」

断言すると、リヒャルトは難しい顔つきになって考え込んだ。「担《かつ》がれたのかな……」とつぶやいてまた抱きついてきたが、ふと気づいたように訝《いぶか》しげな声で続けた。

「なんだか、今夜はやたらいい匂いがしますね」

「そう？　お風呂上《ふろあ》がりだからじゃない？　今日はヤケ風呂をしたから」

「……ヤケ風呂って、なんです？」

「アリスさまから伝授された技《わざ》なの。ヤケ酒したい気分のとき、三回に一回はこれをやって美《び》を磨《みが》くんですって。そしたら気分もすっきりして一石二鳥だからって。すごいのよ、アリスさまのお部屋。美容液とか入浴剤《にゅうよくざい》とかたくさんあるの」

リヒャルトはまたも黙り込み、やがて少しあらたまった声で言った。

「その、ヤケ風呂をしたのは、俺が原因ですか？」

「……うん」

「だって視察から戻《もど》ってきたから、もしかしたら部屋にも来るかなと思って。一応、きれいにしておきたいっていうか、ちょっとはまともな感じで会いたいって思って……。わ、悪い？」

どうせらしくないわよ、と口の中でぶつぶつ言っていると、突然《とつぜん》強い力で抱きしめられた。

びっくりして息を詰まらせ、ミレーユは無言のままのリヒャルトを見上げようとした。

しかしそれも束《つか》の間、リヒャルトは今度は勢いよく身体を離した。驚《おどろ》くミレーユから目をそらし、彼は横を向いて深く嘆息《たんそく》した。

「危ない……惑《まど》わされるところだった」

「えっ？　なにが？」

「ミレーユ、お願いですからこれ以上俺を誘惑《ゆうわく》しないでください」

「いや、全然してないんだけど！」

リヒャルトはミレーユの両肩《りょうかた》に手を置いたまま、やるせなさそうにため息を連発している。もれ出たつぶやきも切羽詰《せっぱつ》まっていた。

「……早く結婚《けっこん》したい……」

「リヒャルト、どうしたのっ。何か悩《なや》みでもあるの？　あたしに話して！」

めでたく仲直りした二人のかみ合わないやりとりは、それから部屋に帰るまで続くことになった。

ダガーランド伯爵《はくしゃく》によって不正に奪《うば》われていた所領財産の件が解決したことを報告するため、リヒャルトとミレーユはアリスの館《やかた》を訪《おとず》れた。折しも、今回の騒動《そうどう》のもう一人の主役ともいうべきジェラルドがアリスににらまれている真っ最中だった。

「太后《たいごう》殿下のお屋敷《やしき》に勝手に入ったあげく盗《ぬす》み聞きなどして、あげくに悪い人たちに捕《つか》まってしまうなんて。悪戯《いたずら》にもほどがありますよ。ちょっとお尻《しり》をお出しなさい」

「いたずらじゃないです！」

憧《あこが》れの大公様の前ということもあるのだろう、ジェラルドが必死な様子で訴《うった》える。

「だってお母様が、ちっとも大公殿下《でんか》を落としてくれないから！　だからぼくが協力しようと思って！」

(落とす!?)

年端《としは》もいかない子どもの口からそんな言葉が出てきて、ミレーユは度肝《どぎも》を抜かれた。

「殿方《とのがた》を落とすにはいろいろと段階があるのよ。押すだけでは恋愛《れんあい》上手とはいえないの。第一、お母様と殿下はそういう関係ではありません」

「でも、夜中にあいびきしてたのに!」

ジェラルドの叫《さけ》びにミレーユは目をむいた。リヒャルトとアリスも驚いた顔になる。

「夜おそくに、大公殿下がこっそりとお母様のおへやにいらっしゃったの、ぼく、この目で見ました! あれは恋人《こいびと》どうしがやることだって、エルミアーナさまも言ってました!」

「なんですって!? 何か手ほどきされたのっ? ずるい! あたしだってアリスさまに手ほどきしてほしいのに!」

「いや……、ちょっと待って。誤解がありますね」

詰《つ》め寄ったミレーユをなだめると、リヒャルトは少し困った顔でアリスと目を見交《みか》わした。アリスがため息をついてうなずいたので、彼は口を開いた。

「あれはジェラルド殿下の所領財産の件で何者かが不正している疑いがあったので、ご相談にうかがっただけです。極秘《ごくひ》のことでもあり、時間が他《ほか》にとれなかったのもあってあんな時間の訪問になってしまいましたが、確かに誤解をされても仕方のない行動でしたね。軽率《けいそつ》でした」

「…………?」

「つまり大公殿下はお仕事のお話にいらしただけなのよ。あなたが期待しているようなことはありません。諦《あきら》めなさい」

リヒャルトの説明に目をぱちくりさせて首を傾《かし》げるジェラルドに、アリスが簡潔に解説する。それでようやく誤解だとわかったらしく、彼の顔がいくらか強《こわ》ばった。ぎゅっと握《にぎ》りしめた拳《こぶし》が小さく震《ふる》えている。

「……だってぼく、どうしても殿下にお母様と結婚してほしいのだもの！　恰好《かっこう》いいお父様がほしいのだもの！」

目をうるませて叫んだジェラルドに、ミレーユははっと胸を衝《つ》かれた。

「大公殿下、ぼくのお母様と結婚してください！」

母に言っても無駄《むだ》と悟《さと》ったのか、ジェラルドは直接リヒャルトに求婚することにしたようだ。その彼の懸命《けんめい》な眼差《まなざ》しに、ミレーユは止めに入ることができなかった。

（わかるわ……。あたしも昔、恰好よくて力持ちなお父さんがほしかった。そのために一体何人の男の人にママを売り込んだことか……）

興味がなさそうな母がもどかしくて、一人でやきもきしていた。そして気に入った人が見つかると必死に代理求婚をした。あの頃《ころ》の自分が目の前にいるジェラルドと重なって、なんとも言えない気分になる。自分は成長して実の父と会うことができたが、彼は永遠に父親と会うことができないのだ。

棒立ちになっているミレーユと困ったようにため息をつくアリスの前で、堂々と求婚されたリヒャルトは少し驚いた顔でジェラルドを見ていたが、やがておもむろにその場に跪《ひざまず》いた。

相手と目線を合わせるように顔をのぞきこみ、彼は穏《おだ》やかな表情で言った。

「ジェラルド殿下、申し訳ありません。私が結婚したい人はここにいるミレーユだけなので、アリス様とは結婚できません」

「う……、じゃあ、お母様と結婚しなくていいから、ぼくの父上になってください。大公殿下はまだお子様がいないから、ぼくが息子《むすこ》になります」

頰《ほお》をそめてなおも訴えるジェラルドはなんとも可愛《かわい》らしい。ミレーユはうっかり後押ししてしまいそうになったが、それより先にアリスがひょいと息子の首根っこをつまんだ。

「この子ったら。あなたが心配しなくても、殿下にはこれからもりもりお子様がお出来になるのです。そのためにこちらのミレーユ様は日々大変なお勉強をなさっているのですよ。あなたには勝ち目はありません」

「……!!」

ショックを受けたようにジェラルドが目を瞠《みは》る。うかがうように視線を向けられ、ミレーユがたじろいでいると、立ち上がったリヒャルトに肩《かた》を抱《だ》き寄せられた。

「申し訳ない。家族は彼女と作ることに決めていますので」

耳の上でした声はとても丁寧《ていねい》で優《やさ》しかった。ジェラルドの気持ちをわかった上で、それでも受け入れられないことを真摯《しんし》に伝えようとしている。ミレーユはされるがまま抱き寄せられながら、その言葉をあらためて繰《く》り返した。

（……『家族』か……）

彼の家族になりたいと思うようになった自分。家族は彼女と作ると言ってくれたリヒャルト。未来のことばかり考えていたが、これまで彼の家族だった人たちとはまだうまく向き合えていない。そのことをふと思い出した。

「いいからうちの子でいなさい。あなたの父上はハロルド様だけです。わたしは他の方にはこれっぽっちも興味がないの。しつこい男はもてませんよ、ジェラルド」

断られて再び涙目《なみだめ》になったジェラルドに、アリスがとうとう引導を渡《わた》す。間に入り込めないと悟ったらしく、ジェラルドは悔《くや》しげに二人を見つめたが、諦めたのか八つ当たりに出た。

「お母様のいけず！　頭でっかち！　とうへんぼく！」

「何とでもお言い。お母様は超《ちょう》年上好みなのよ。年下の殿方なんて赤子同然……」

アリスは扇子《せんす》を広げて妖艶《ようえん》に笑ったが、がばりと息子が抱《だ》きついてくると目を細めて受け止めた。いつもの色気たっぷりな彼女からは程《ほど》遠い、とても優しく慈愛《じあい》に満ちた母の瞳《ひとみ》だった。

これほど息子に請《こ》われてもゆるがない強い想《おも》いを、アリスは今も亡《な》き夫に捧《ささ》げている。その姿勢が、頑《かたく》なにミレーユの求婚攻撃《きゅうこんこうげき》をかわしていた母と重なった。

（……ん？　つまりうちのママも、実はずっとパパのことが好きだったりして……？）

いまいちよくわからない両親の関係に新発見をしてミレーユが頬を上気させていると、アリスのドレスの腰《こし》にしがみついて顔をうずめていたジェラルドが何事か小さくつぶやいた。

ミレーユはリヒャルトと顔を見合わせる。それから二人で笑顔《えがお》になった。

ドレスに埋《う》もれたつぶやきは、ごめんなさい、という言葉に聞こえた。

アリスの館からの帰り道、二人きりの馬車の中でミレーユはしみじみとため息をついた。

「あたし、やっぱりフレッドに感謝する。あの子が無茶苦茶《むちゃくちゃ》やったせいでパパに会えることになったんだし、それに、あなたにも会えたし」

「まあ、彼があなたをアルテマリスに呼んだのは、エドゥアルト様と俺に会わせるのが大きな目的の一つでもありましたからね」

「でもよかったわよ。パパはともかく、あなたに会えなかったら、あたしはたぶん一生独身だったもの」

リヒャルトはなぜか苦笑《くしょう》した。そんなことないと思いますけどね、とつぶやいた彼を、ミレーユはじっと見つめて続けた。

「今度の舞踏会《ぶとうかい》、あなたの許嫁《いいなずけ》として正式に公《おおやけ》の場に出る最初の機会でしょ。そのまえに、あなたのご両親のお墓参りに行かない?」

リヒャルトが両親のために造らせていた新しい墓は少し前に竣工《しゅんこう》したと聞いている。建設中の頃から気になっていたが、彼が何も言わないので、こちらも忙《いそが》しさにかまけて言い出せずにいた。

リヒャルトの顔から一瞬《いっしゅん》笑みが消える。戸惑《とまど》うように彼は視線を返した。

「墓参り? なぜ?」

「なぜ、って。挨拶《あいさつ》してないじゃない。一応、お嫁《よめ》さんになるのに」

「……」

「だめなの？」

躊躇《ためら》うように目を伏《ふ》せたリヒャルトを遠慮《えんりょ》がちに見つめると、彼は少し黙《だま》ったが、軽く首を振《ふ》って顔をあげた。

「急だったからびっくりしただけですよ。じゃあ、今から行きましょうか。馬車だとここからでもそう遠くないし」

「うん……あ、途中《とちゅう》でどこか庭に寄ってね。花を摘《つ》みたいから」

本当はもっとゆっくり時間がとれる時がよかったが、仕方がない。馬車を停《と》めさせて従者に行き先の変更《へんこう》を告げるリヒャルトを見ながら、ミレーユは急いで身なりを整えた。

若い緑が生《お》い茂《しげ》る墓園に、磨《みが》かれた石の廟館《びょうかん》がある。

歴代大公と大公妃《ひ》が眠《ねむ》る一角に、先代大公エドモンドと正妃クラウディーネの真新しい墓はあった。先頃《さきごろ》完成したばかりの墓標と二つの棺《ひつぎ》が並んでいる。

「きれいなお墓ね。こんなの供えたら申し訳ないかしら」

「そんなことないですよ。喜ぶと思います」

「そう？　それじゃ……」

途中の庭園で摘んだ花を墓前に飾《かざ》るミレーユを見ながら、リヒャルトは前回ここに立った時のことを思い出していた。

地下室に安置していた棺を移したのは、ほんの数日前のことである。跡継《あとつ》ぎでありながら八年もの間まともに葬《ほうむ》ってやれなかったことが重く心にのしかかり、墓碑《ぼひ》を直視できなかった。臣下たちの手前、顔には出せなかったが、こんな思いをするくらいならもう当分ここへは来たくないとまで思ったほどだ。

だからミレーユに「墓参りに行きたい」と言われた時も、内心あまり気が進まなかった。ここへ来れば否《いや》が応でも八年前のことを思い出す。そんな時決まって心によどむ黒い感情を彼女といる時に抱《かか》えていたくなかったし、悟られたくなかった。そうやって苦しみから逃《に》げている親不孝な自分が情けなくもあり、そんな気持ちでここへ立つのが後ろめたくもあった。

いつまでこんな思いを抱えていなければならないのだろう。誰《だれ》にも知られてはいけないからこそ終わりが見えず、時々押しつぶされそうになる。弱音を吐《は》くのは罪だという教育を受けてきたから、耐《た》えることには慣れているが――。

「……！」

突然《とつぜん》手に指が絡《から》みついてきて、リヒャルトは我に返った。傍《かたわ》らを見ると、花を供えて立ち上がったミレーユが神妙《しんみょう》な顔つきで墓碑を見ている。

「――お父様、お母様」

しっかり手を握《にぎ》りしめたまま、ミレーユは使命感に燃えるような目をして口を開いた。

「殿下《でんか》のことはあたしが幸せにしますから、どうか心配なさらないでください」

まるで本当の両親に宣言するかのように——一瞬そこに長椅子《ながいす》に並んで座る父と母がいるのかと思ったくらい、当たり前のように尊敬と親愛の視線を向けている。

どうしてそんなにまっすぐな言葉をすんなり口にすることができるのか。出会った時から何度となく疑問に思っていたことが、今もまた憧憬《どうけい》のような光をともなって心をよぎった。

「……ん？　なんか変なこと言った？」

横顔を見つめる視線に気づいたのか、ミレーユが不思議そうに顔をあげる。自分が言ったことに妙《みょう》な気負いを持っていないことは、その瞳を見れば訊《き》かなくてもわかった。

穏《おだ》やかな風が心に吹《ふ》きこんだような——それが底に燻《くすぶ》る澱《おり》をも解かしたような気がした。

「……」

「どうしたの？」

怪訝《けげん》そうに向き直るミレーユを、リヒャルトは引かれるように抱き寄せた。

「わ……っ、——ちょ、ちょっと、なに急にっ、お墓の前で！」

ミレーユは赤くなって声をあげ、背後に控《ひか》えていた近衛《このえ》の者たちは一斉《いっせい》に目をそらす。だが構わずに強く抱きしめた。

頼《たよ》られているようで、おそらく自分のほうがよっぽど彼女に寄りかかっている。自分にはない清らかな真っ直《す》ぐさや前向きさに何度救われたかわからない。だからこんなにも惹《ひ》かれるのだろう。

弱さを見せたくなくて、逆に泣かせてしまうこともある。でも結局彼女には弱いところを引き出されてしまうのだから、自分で思っている以上に心を見せたがっているのかもしれない。

「……本当ですか？　幸せにしてくれるって」

「う……うん。ほんとよ。たぶん」

急に自信がなさそうになった声に、思わず笑った。こういう正直なところがたまらなく愛《いと》おしい。なくさないで欲しい、守りたいと強く思う要素の一つだ。

「あなたがいてくれてよかった。この温《ぬく》もりが家族なんだと、久しぶりに思い出しました。ずっと忘れていたので――。こんなにもなくしたくないと思ったものは今までなかったですよ」

ミレーユが少し驚《おどろ》いたように見上げてきた。目を合わせて微笑《ほほえ》むと、リヒャルトはミレーユを解放し、手をとって墓碑に向き直った。

「父上、母上」

こんなふうに呼びかけるのはいつ以来だろう。久しぶりの語りかけが、泣き言や恨《うら》み言でなくてよかったと思う。

「――この人が、俺の好きな人です」

両親の墓の前で笑える日が来るなんて思わなかった。いつか正式に妻だと紹介《しょうかい》する日が来たら、今よりももっと前向きな気持ちで報告したいと、つないだ手を握りしめた。

春の舞踏会が開かれたのは、それから数日後の穏やかな風の日のことだった。

大公差し回しの馬車に乗り、ミレーユは父と一緒《いっしょ》に会場である大広間に向かった。同じ大城館内を移動するのでさえ馬車を使うという贅沢《ぜいたく》にも近頃《ちかごろ》では慣れつつあった。

「ミレーユ、本当に大丈夫《だいじょうぶ》かい？　行きたくないのなら無理して行かなくていいんだよ。パパが仮病《けびょう》の連絡《れんらく》をしてあげるから」

ミレーユも大概緊張《たいがいきんちょう》していたが、父はそれに輪を掛《か》けてあたふたしている。おかげで逆に落ち着いてきてしまうくらいだ。

「そういうわけにはいかないでしょ。あたしが陰《かげ》の主役みたいなものなんだから」

「そ、そうだね。でもなんだかパパ、緊張しすぎて胃が痛くなってきて……おえぇぇ」

「大丈夫⁉　帰って寝《ね》てたほうがいいわよ！」

えずき始める父に慌《あわ》てていると、馬車が停まって扉《とびら》が開けられた。外で出迎《でむか》えてくれたのは護衛役の第五師団の面々だ。

「あの、誰か胃薬持ってない？　パパが胃痛に苦しんでるの」

誰ともなしに訊《たず》ねると、アレックスがロジオンを見た。同時にロジオンが懐《ふところ》から小瓶《こびん》を取り出して差し出した。

「ありがとう。もうほんとに、娘《むすめ》が舞踏会に行くくらいで緊張しすぎなのよね」

「いや、君も相当緊張してるだろ。右手と右足が一緒に出てるし」

冷静に指摘《してき》され、ミレーユは思わず動きを止めた。言われてみればなんだか歩きづらいと思っていたのだ。

馬車から下りた紳士《しんし》淑女《しゅくじょ》たちが、侍従《じじゅう》に案内されて広間へと歩いていく。ミレーユもその中にまじり、絨毯《じゅうたん》の敷《し》かれた廊下《ろうか》を進んだ。お披露目《ひろめ》とはいえまだ公式に紹介されるわけではないし、特別扱《とくべつあつか》いはない。他《ほか》の招待客と違《ちが》うのは護衛の騎士《きし》たちと一緒という点だけだ。

「だって今日の恰好《かっこう》、いろいろ重いのよ。装飾《そうしょく》品を着けまくられたから」

実は今日の装いはいわくつきだった。午後になって突然マージョリーの使いが現れ、彼女の館《やかた》へ連行されたのだが、そこで待ち受けていたアリスや女官たちから総出で飾り立てられたのである。

『ほほほ。この前は騙《だま》してごめんなさいね。これはせめてものお詫《わ》びよ。だから機嫌《きげん》を直して、また男装ごっこに付き合ってちょうだいね』

ということらしい。さすがに一流の貴婦人たちの集まりだけあって、その仕上がりは文句のつけようがないものだった。

胸元《むなもと》、耳、指、手首と着けられた宝飾品はどれも大ぶりの石が使われたずっしりとしたものだ。髪《かみ》も長い付け毛を足した上に高く結《ゆ》われているため首を動かすのすら一苦労だったが、なかなか見られるのではとミレーユはひそかに思っていた。

しかし現実は甘くなかったようだ。

「あー……でもやっぱりミシェルが女装してるって感じだよなぁ」

「まだ⁉」

「ふざけんなメガネ！　アニキの着こなし術は百発百中だろうが！」

「坊《ぼっ》ちゃん声がでかいです！」

ひそひそと言い合いながら廊下を進むと、突《つ》き当たりに大広間の入り口が見えてきた。両開きになった扉の向こうはまばゆいばかりの光があふれ、入り口手前は両側に階段があって上へ続いている。

「それじゃ僕らはここまでだから。頑張《がんば》れよな」

ものものしい護衛は広間の入り口までの役目なのだ。見れば、舎弟《しゃてい》たちも緊張の眼差《まなざ》しで見つめている。ミレーユは礼を言うと、父と二人で広間へ向かった。

広間の入り口付近にいた第五師団の面々は、その後ろ姿をはらはらしながら見送った。

「おかしいよなー。いつもはあんな感じなのに、なんでミシェルは殿下の前に出ると女の子になるんだ？　殿下から何か変わった物質が分泌《ぶんぴつ》されてるのかな」

「宮廷《きゅうてい》七不思議の一つっすね……」

「さすがはアニキ……女装してても男らしさで光り輝《かがや》いてるぜ！」

相変わらずミレーユをどうしても女扱《あつか》いできずにいる彼らだった。

そして、一方。広間の中──。

「おいおい。あいつ、右手と右足が同時に出てるぞ。大丈夫か……」

心配げにつぶやいたのはジャックである。立場上、アレックスやテオたち舎弟のように無邪《むじゃ》気《き》に護衛の任につくことができない彼は、持ち場である会場隅《すみ》から様子をうかがっていた。

「なんなんだ、この気持ち。まるで息子《むすこ》の門出《かどで》を見守るかのような……」

「せめて娘と言ってやってください」

イゼルスの突っ込みも、切なげに胸を押さえるジャックの耳には入っていないようだ。

そんなふうに仲間たちから好き勝手言われているとは露知《つゆし》らず、ミレーユはきらびやかな光景に若干目眩《じゃっかんめまい》を覚えながら広間へと足を踏《ふ》み入れていた。

フレッドの身代わりをしているヴィルフリートとはここで合流することになっている。人いきれとキラキラした光景と自分に集まる視線に負けないよう、ミレーユはしずしずと歩いた。

（うう、熱すぎる視線を感じる……。パパはこういうのは平気なのかしら）

隣《となり》で手を取ってくれているエドゥアルトは、さっきまでの取り乱しぶりはどこへやら堂々とした立ち居振る舞《いふるま》いだった。こういう場で自然とそう振る舞えるのはやはり生まれ育ちの関係なのだろうかとミレーユはひそかに感心した。

「――ねえ。パパって、ママのことまだ好きなのよね？」

ヴィルフリートを目で探しながら、間が持たずぽつりと訊くと、エドゥアルトはドキッとしたように手を胸に当てた。

「な、なんだい、いきなり？」

「いや、別に……、まあ、パパだって生きてれば好機はあるのかなって思って」

「どういうことだい、それはパパを励《はげ》ましてるのかい、それとも罵《ののし》ってるのかい⁉」

「どっちでもないわよ……、あ」

ようやくヴィルフリートを発見し、ミレーユは父を促《うなが》してそちらへ向かった。

アルテマリスからつれてきた青薔薇《ばら》の騎士たちをお供に、ヴィルフリートは何かに気を取られたようにじぃっと一点を見つめている。傍《そば》にミレーユが来たことにも気づいていない。

「お兄様」

「……」

「あの、お兄様」

「……あ、僕のことか？」

ようやく気づいたようで、彼は驚いた顔で振り向いた。まさか名を呼ぶわけにいかないので外では彼のことをそう呼ぶようにしているのだが、忘れていたらしい。

「どうなさったんですか？　すごく集中なさってましたけど」

訊ねると、ヴィルフリートは真顔になって視線を走らせた。

「あれを見ろ」

言われるまま視線を追うと、ガラスのはめこまれた壁際《かべぎわ》にいろんな置物が飾《かざ》ってある。

「さっき人を捕《つか》まえて訊ねてみたのだ。あの浮《う》き彫《ぼ》り模様の置き時計は銀製だ。そしてあれも同じく銀製の卓上噴水《たくじょうふんすい》。それから、色ガラスに彫刻《ちょうこく》を施《ほどこ》した置物。あのみずみずしい果実の盛り合わせは全部ガラスで出来ているのだぞ。すごいだろう」

目を輝かせ、彼は一つずつ解説してくれる。ミレーユも感心しながらそれらに見入った。アルテマリスの王宮でも高価そうで珍《めずら》しいものはたくさん見たが、そこにあったものはどれも初めて見るものばかりだった。

「なあ、ミレーユ。僕はこの一月《ひとつき》、宮殿《きゅうでん》で様々なものを見た。ここには僕の知らないものがたくさんあった。シアランは大陸全土から文化を集め、送り出していると文化大臣は言っていた。確かに実に多様な文化だと僕も思う」

いつの間にかそんな偉《えら》い人と知り合いになっているらしい彼は、大広間を見渡《みわた》し、あらたまったようにミレーユに目を戻《もど》した。

「アルテマリスの王宮にいた時には知らなかったことだ。ここに来て視野を広げることができた。来てよかったと心から思う。だから、礼を言おうと思っていた」

「お礼……？　あたしにですか？」

「そもそも、きみを追いかけてシアランへ来たのだからな。今だってきみの兄だからこうして堂々と滞在《たいざい》していられる。その名目がなければあちこち出歩くこともできないしな」

彼は彼で、立場を最大限利用して行動をしていたらしい。出入りの商人たちとも親しくなったと聞いてミレーユが感心していると、ヴィルフリートは少し黙《だま》り込み、思い切ったように打ち明けた。

「実はな。遊学しようと思っているのだ」

「遊学？」

「うむ。いや、今すぐではないぞ、いつになるかはわからない。もっと世界のことを知りたくなったのだ。僕は政治のことはまったく興味がないが、こういった分野でアルテマリスに貢献《こうけん》するのもいいのではないかと思ってな」

腕組《うでぐ》みをして広間を見渡しながら、ヴィルフリートは真面目な顔で語る。やんちゃで紳士《しんし》な王子殿下《でんか》はいつの間にかそんなふうに自分の未来を考えるようになっていたらしい。初対面で小麦粉まみれにされた頃《ころ》からするとすごい成長ぶりに、ミレーユは感動した。

「あたし、応援《おうえん》しますね！」

うむ、と少し嬉《うれ》しげに顔をほころばせたヴィルフリートは、束《つか》の間躊躇《ためら》うように黙り込み、ぽつりと続けた。

「本当は一緒《いっしょ》に世界を回ろうと誘《さそ》いたいところだが――、きみも忙《いそが》しいだろうし立場的にそういうわけにはいかないだろうからな……」

「……そうですね……」

「いや、そうしんみりした顔をするな。僕が世界中を旅して見聞したことをきみに教えてやる。楽しみに待っているといい」

「本当ですか？　わぁ、楽しみです！」

思わず声をはずませると、ヴィルフリートも堪《こら》えきれずというふうに頬《ほお》を上気させた。

「なんだか、わくわくしてきたな！」

「はい！」

二人は顔を見合わせて笑い合った。一年前なら、彼とこんなふうに笑い合うなんて想像もできなかっただろう。彼とも不思議な縁《えん》があったのだろうとミレーユはしみじみとした。

ふと視界に臙脂色《えんじいろ》の制服がよぎる。振り向くと、黒髪《くろかみ》の少年が人波をすりぬけるようにして向こうへ歩いていくのが見えた。

（……キリル？）

一瞬《いっしゅん》しか見えなかったが横顔は確かに彼だった。いくら隅のほうとはいえ貴族たちが集まる場に楽団員が一人でいるのは不自然だ。それもミレーユたちの傍に。——偶然《ぐうぜん》だろうか？

（ひょっとして、あたしたちの話を聞いてた……？）

邪魔《じゃま》してやると言われた時のことを思い出し、そんな予感が浮かぶ。

思わずその背中を凝視《ぎょうし》した時、大公の入室を告げる音楽が大広間に鳴り響《ひび》いた。


大城館で夜会が行われている頃。フレッドとエルミアーナはそのきらめきを遠目に眺《なが》めながら、月明かりの下で逢《あ》い引きしていた。

「春の舞踏会って、お花に見立てた催《もよお》しや内装をするのよ。わたくし、去年は王子様がいなかったから出られなかったの。今年こそと思っていたけれど……でもあなたは夜会に出られないのだものね。仕方がないわね」

「申し訳ありません、公女殿下。ぼくはここにはいないことになっていますから……」

「あら、だめよ。いつもみたいにエルって呼んでちょうだい。そうしたら許してあげる」

バルコニーの手すりにもたれて要求するエルミアーナに、フレッドは笑みを見せた。

「ごめんね、エル」

「うふふ。いいの。ほんとうは怒《おこ》ってないわ」

ちゃんと夜会で着るつもりだったとっておきのドレスを着てきたし、王子様と過ごせるのだし、それだけで楽しいからいいのだ。

「ねえ、ミシェル。お願いがあるの」

本当の彼の名前は違《ちが》うけれど、そう呼ばなければいけないので仕方がない。金髪《きんぱつ》に青灰色の瞳《ひとみ》。低すぎない声、高すぎない背丈《せたけ》、逞《たくま》しすぎない体格。それだけでもほぼ理想だというのに、彼は中身まで完璧に王子様だった。類《たぐ》い希《まれ》なる人材だ。

「あなたのように何もかもが王子様みたいな人は、はじめて見たわ。きっとこの先も見つからないと思うの。だからね……わたくしのほんとうの王子様になってほしいの」

どきどきしながらエルミアーナは言った。きっと彼はうなずいてくれるだろう。笑って手をとり、指に口付けて「喜んで」と言ってくれるはずだ。王子様とはそういう優《やさ》しいものなのだ。

フレッドは微笑んだ。やっぱり、と思ったエルミアーナは、彼の瞳に浮《う》かぶ申し訳なさそうな色に気がついてきょとんとした。

「ごめんなさい、姫《ひめ》。ぼくはあなただけの王子様にはなれないんです」

「まあ……どうして？　世界中の女性の涙《なみだ》で洪水《こうずい》が起こるから？　それとも大陸各国で暴動が起こるからかしら。それはわたくし、承知しているわ。だいじょうぶよ」

故国では大変女性に人気があるらしい彼からはいくつもの伝説を聞いている。だから遠慮《えんりょ》するなと言いたかったのだが、彼は、ふふっと笑って首を振《ふ》った。

「姫がぼくをお好きじゃないからですよ」

「そんなことはないわ。すてきな王子様だって思っているわ」

熱心に言い張ると、フレッドは困ったように笑った。

「それとも一つ。——実は、決まった相手が故郷にいまして」

「え……、好きな人がいるの？」

これまた意外すぎる理由に思わず目を瞠《みは》ると、彼は一瞬考えてから答えた。

「許嫁《いいなずけ》です」

「許嫁……」

「正確には、ちょっと違うかもしれません。彼女はそのことを知らないので。ぼくとあちらの父上が暗黙《あんもく》の了解《りょうかい》で決めたっていう感じですね」

「それが、許嫁？」

「ええまあ。秘密を抱《かか》えてる人なので、それを共有している者、身分や年齢《ねんれい》がつり合う独身者……というと、もうぼくしか残っていないわけでして」

明るくおどけたように手をあげるフレッドに、エルミアーナは首をかしげた。

「どうしてご本人に言わないの？　黙《だま》っているなんて、お可哀相《かわいそう》だわ」

第一、こんなに王子様な人が許嫁だったら、喜ばない女性はいないだろうに。

そんな思いが伝わったのかフレッドは軽く笑った。いつもと違う大人びたような笑みを唇に乗せて、彼は月に照らされた湖へと目をやった。

「彼女はまだ若いので……ぼくに対する気持ちが恋《こい》なのか憧《あこが》れなのか、わかっていないと思うんですよ。だから彼女がもう少し大人になるまで見守ろうかなと。もしいつか本当に好きな人が他《ほか》に出来ちゃった場合、許嫁がいたら可哀相でしょう？」

視線を戻《もど》して笑う彼は、あまり貴族らしくない考え方の持ち主だったようだ。それが納得《なっとく》でもあり意外でもあった。エルミアーナは首をかしげ、彼をじっと見つめた。

「でも、ほんとうはその方に好きでいてほしいように思えるわ」

「ま、今さら他の男に持って行かれるのもなんだか面白《おもしろ》くないですしね。現実的に考えて、この美しいぼくを差し置いて彼女の心をつかむ男が現れるとも思えないし」

「わかったわ。あなたってあまのじゃくなのね？」

「ハハハ。自分ではとっても素直《すなお》なつもりなんですけどねぇ。でも案外本当に嫌《きら》われてるのかもしれません。ずっと意地悪ばかりしてきたから仕方ないですけどね」

まあ、とエルミアーナは目を見開く。好きな異性に意地悪をしてしまいすれ違う恋物語《こいものがたり》は読んだことがあるが、彼はそんなことをする人には見えない。それに、『嫌われてる』と言いつつもなんだか楽しそうだ。

「意地悪したいくらい、好きな方なの？」

「いえいえ、そういう理由じゃないんです。出会った時、彼女はゆえあって自分の感情を表に出す方法を忘れてしまっていましてね。どうやってもぼくが相手じゃ笑ってくれなくて、ならば別の顔を見せてもらうまでだとあれこれやっていたら、いつの間にか怒らせてばかりになって……。でもまあ、泣かれたりふさぎ込まれたりするよりはずっといいので、それで嫌われても別に構わないんですけどね」

　手すりに肘《ひじ》をついてもたれ、フレッドはけろりとした顔で思い出話を語ってくれた。エルミアーナはその横顔をまじまじと見つめる。これまで自身のことをまったく話さなかった彼なのに、これはどうしたことだろう？

「どうしてわたくしに、その人のことを話してくれたの？」

「そうですねぇ……。あなたに知っていてほしいからでしょうか」

　すいと視線を戻し、目を合わせて彼は微笑む。よく意図のわからないその笑みを、エルミアーナは小首をかしげて見つめた。

「その人のこと、好きなの？」

　うう－ん、と視線をめぐらせて考えこみ、彼は軽く肩《かた》をすくめてうなずいた。

「まあ、それなりに」

「わたくしより？」

　その問いへの答えは、迷いがなかった。

「はい」

微笑《びしょう》してうなずいた彼をしばし見つめる。それからエルミアーナはため息をついた。

（また、ふられてしまったわ……）

連敗記録更新《こうしん》だ。けれどそういう事情があるのなら仕方がない。去る者は追わない、そして人の恋人《こいびと》は取らないというのが王子様ごっこにおける大前提なのである。それに、彼が許嫁のことをなんだかんだで大事に思っているようなのがわかったので、諦《あきら》めもついた。

「わかったわ……そういうことなら仕方がないわね。でも、シアランにいる間だけならいいでしょう？　もう少しだけ王子様でいてほしいの。まだやっていないことがたくさんあるのだもの。怪盗《かいとう》ごっこと海賊《かいぞく》ごっこと、他にもたくさんあるわ。わたくしね、近頃《ちかごろ》はあぶない魅力《みりょく》の殿方《とのがた》にさらわれる恋愛《れんあい》小説にはまっているの」

「もちろん。姫君《ひめぎみ》がお望みなら、喜んで」

フレッドはうやうやしく胸に手を当てて一礼し、笑って手を差し出した。もうそろそろ部屋へ戻って寝《ね》る時間だ。王子様は意外とこういう規則には忠実な人だった。故国で仕えているという人のお世話で慣れているのかもしれない。

「許嫁って、どんな方なの？」

「可愛《かわい》らしい方ですよ。姫とよく似ておいでです」

「まあ。それって知っているわ。女たらしの殿方が使う台詞《せりふ》よ」

「アッハッハ、ひどいなぁ」

月明かりの下、手を取り合った二人は仲良く姫の館《やかた》へと歩いていった。

大公や大臣の挨拶《あいさつ》の後、しばしの歓談《かんだん》の時間を経て、ようやく舞踏《ぶとう》会が始まった。音楽が途《と》切《ぎ》れ、集《つど》った人々がそれぞれ相手を定めて組になっていく。

「……頑張《がんば》れ」

隣にいたヴィルフリートが真面目な顔で背中を押してくれる。ミレーユはうなずき、視線が自分に集まっているのを感じて緊張《きんちょう》でかちこちになりながら、ざわつく広間の中を歩き出した。

侍従《じじゅう》を従えて広間の中央にいたリヒャルトが、こちらに気づいて歩いてくる。彼の傍で目を光らせているルドヴィックを見つけて、ミレーユは内心顔を引きつらせた。

(ひぃっ、こんなところにも試験官が……っ！)

そうこうしているうちにもリヒャルトは近づいてくる。彼はこの宮廷で一番目立つ人だから、彼が動けば人々の視線も動く。当然ミレーユにも注目が集まる。好奇《こうき》の目、品定めの目、冷やかし、少し尖《とが》った敵意のようなもの――それらが一斉《いっせい》に向けられ、身体《からだ》が竦《すく》んだ。

(これからずっと、こんなところで暮らすのね……)

とにかくへまをしないよう、宮廷作法の授業でやったとおり真っ直《す》ぐ前を向いてすべるように進む。こんな場面で怖《お》じ気づくなというのが無理な話だ。我ながら情けないくらい全身を緊張に支配され、しばし頭の中が真っ白になった。けれども、歩いてきたリヒャルトが微笑《ほほえ》み、手を差し伸《の》べるのを見て、ふわりと気持ちが丸くなるのがわかった。

(でもいっか。リヒャルトが一緒なんだから——)

彼は謙遜《けんそん》していたし、実際まだ発展途上《とじょう》の大公様なのかもしれない。だがミレーユにとってはこの上ない完璧《かんぺき》な王子様に見えた。この手を取れば、何があっても怖《こわ》くない。そう思える。

「緊張してますね」

リヒャルトの手を取ると、彼はもう一方の手でミレーユの頰をつついた。まさかこんな場でそんなことをするとは思わず、ミレーユは目を丸くした。

「そ、そりゃ、してるわよ」

「ここにいるのは俺達二人だけだと思って踊《おど》ってみて」

「えぇっ。そんなのだめよ」

「どうして?」

「……どきどきするし、あなたしか目に入らなくなるじゃない」

「ちょうどいいじゃないですか」

楽しげに笑って、リヒャルトが握《にぎ》った手を引き寄せる。軽く口をとがらせたミレーユは、その笑顔《えがお》を見ると堪えきれず、つられて唇《くちびる》をほころばせた。

この人の隣《となり》に胸を張って立てるようになりたい。その思いがある限り、何があっても頑張れる気がした。

広間の片隅《かたすみ》で、壁《かべ》に一人の令嬢《れいじょう》がもたれていた。

つやのある栗色《くりいろ》の髪《かみ》をゆるくたらし、均整のとれた身体《からだ》を深い蒼《あお》のドレスに包んでいる。その見事な貴婦人ぶりに通りがかった紳士《しんし》たちが目を奪《うば》われたように振り返るが、彼女はちらりとも興味を示すことなく、ひたすら広間の中央で踊《おど》る二人を見つめていた。

その招かれざる客を見つけて仰天《ぎょうてん》したのは、メースフォード侯爵《こうしゃく》だった。

「シーカ!? お、おまえ、なぜここにいるんだね。領地にいるはずじゃ……」

「勝手に入ったわけではありません。殿下《でんか》の侍従《じじゅう》長様にお招きいただきました」

父の動揺《どうよう》も構わず、彼女はじっと視線を動かさない。

「……お父様。あの方が殿下のお妃《きさき》様になられる方なのね」

「そうだが、シーカ、いっこちらに来たんだ。呼んだ覚えはないよ。何をしに来たんだね」

ふと微笑み、彼女は若き大公を見つめたまま答えた。

「もちろん、殿下とのお約束を果たすためにですわ」

あとがき

こんにちは、清家未森です。

新章が始まりました！　名付けるとしたらタイトルそのままに『花嫁修業編《はなよめしゅぎょうへん》』か、もしくはリヒャルトの願望からとって『新婚《しんこん》いちゃいちゃ編』でしょうか。たぶんどっちも間違《まちが》ってはいない、かな？　ともあれ、そんなお話です。

新章はライトな雰囲気《ふんいき》で始めようと思っていたのですが、長いことシアラン編を書いていたせいか、なかなか勘《かん》が戻《もど》らなくて困りました。あと、主人公カップルの関係性も初期とは決定的に変わっているので、バランスが難しかったです（ラブコメ的な意味で、ですね）。

そういえば、ああいうのも「小姑《こじゅうと》」って言うのでしょうかね。正しくは「小舅《こじゅうと》」かな？　でもなんとなく前者のほうがイメージが合ってる気がします。頑張《がんば》れ、ヒーロー！

新キャラ続々登場の中、私が気になってしょうがない人といえばヴィレンス将軍です。ラフを拝見した瞬間《しゅんかん》、惚《ほ》れました。確かにこの人なら余裕《よゆう》で熊《くま》に勝つに違いない……！　恰好《かっこう》いいおじさんキャラというのがほとんどいないので、余計にまぶしく映ります。あ、おじさんと言えば、ジャックは初期設定では本当におじさんキャラだったんですよ。結果的にはだいぶ年齢《ねんれい》を若くしましたが、中身は変えてないので、ああいう感じになっちゃいました。

あと、ラストあたりで出てきました許嫁《いいなずけ》ネタ。これは実は三巻の『挑戦』で出すはずだったエピソードでした。ページ数の関係で削《けず》らねばならず、でもまたすぐに出す機会はあるだろうと楽観的に思っていたのに、なかなか出すことができず……。今回、十二冊目にしてようやく書くことができました。これの続きもいつか書けたらいいなーと思います。

今回も美麗《びれい》なイラストを描いてくださった、ねぎしきょうこ様。シアラン兄弟第二弾《だん》の表紙、キリルの予想以上の恰好よさにニヤニヤが止まりません……！　ありがとうございました。

毎回あとがきで謝《あやま》っている気がしております、担当様。今回もやっぱり、すみません……！

おそらくこれまでで一番ハラハラさせてしまったのではないでしょうか……。

そして、この本を手にとってくださった皆様《みなさま》。いつもありがとうございます。新章は楽しんでいただけそうでしょうか？　感想などいただけると嬉《うれ》しいです。

それではまた、次回もお目にかかれますように！

清家未森

BEANS BUNKO

「身代わり伯爵の花嫁修業 Ｉ消えた結婚契約書」の感想をお寄せください。
おたよりのあて先
〒102-8078 東京都千代田区富士見2-13-3
角川書店ビーンズ文庫編集部気付
「清家未森」先生・「ねぎしきょうこ」先生
また、編集部へのご意見ご希望は、同じ住所で「ビーンズ文庫編集部」
までお寄せください。

身代《みが》わり伯爵《はくしやく》の花嫁修業《はなよめしゆぎよう》
Ｉ消《き》えた結婚契約書《けつこんけいやくしよ》
清家未森《せいけみもり》

角川ビーンズ文庫 BB64-12　16310

平成22年6月1日 初版発行

発行者――井上伸一郎
発行所――株式会社角川書店
東京都千代田区富士見2-13-3
電話/編集(03)3238-8506
〒102-8078
発売元――株式会社角川グループパブリッシング
東京都千代田区富士見2-13-3
電話/営業(03)3238-8521
〒102-8177
http://www.kadokawa.co.jp
印刷所――暁印刷 製本所――BBC
装幀者――micro fish

ISBN978-4-04-452412-8 C0193 定価はカバーに明記してあります。